灼眼のシャナ XVI

プロローグ

世の何処《いずこ》か。

望む限りに広がる星空、漆黒《しっこく》の水晶《すいしょう》のような床、円形に配された白い柱、中心に浮かぶ簡素《かんそ》な祭壇《さいだん》、という幻想《げんそう》的な光景を広げる『星辰楼《せいしんろう》』。

この、移動要塞《ようさい》『星黎殿《せいれいでん》』内に設けられた中枢《ちゅうすう》たる一《いち》空間に、硬質《こうしつ》な靴音が四つ、響《ひび》く。

床へと正反対な姿を映して歩く四人は、最後尾《さいこうび》が要塞《ようさい》の守護《しゅご》者〝嵐蹄《らんてい》〟フェコルー。その前に並んで、三柱臣《トリニティ》の参謀《さんぼう》〝逆理《ぎゃくり》の裁者《さいしゃ》〟ベルペオルと、同じく巫女《みこ》〝頂《いただき》の座《くら》〟ヘカテー。

そして、先頭を行くのが、彼女らの盟主《めいしゅ》。

四人はやがて、『星辰楼《せいしんろう》』の祭壇に行き当たった。

フェコルーは祭壇へは進まず、その場で止まり、片膝《かたひざ》を突いて頭《こうべ》を垂れる。

三人だけが、競り上がる純白の石段を踏んだ。

祭壇の中央まで進んだ彼らは、星天へと吸い込まれるように、舞い上がる。

さらに二人が、星へと混じる姿で、宙に留まる。

盟主《めいしゅ》たる少年だけが、より高みを目指す。
鎧《よろ》った凱甲《がいこう》も、靡《なび》く緩やかな衣《ころも》も、全て緋色《ひいろ》。
頭の後ろから髪《かみ》のように伸びるのは、漆黒《しっこく》の竜尾《りゅうび》。
と、その黒い双眸《そうぼう》が、不在《ふざい》の象徴《しょうちょう》たる空座《くうざ》を射止めた。
鋭く大きく身を翻《ひるがえ》して己《おの》が居所《きょしょ》、白い石造りの玉座《ぎょくざ》に着く。
一同を睥睨《へいげい》して、また星天を見上げて、少年は一言、命を下す。
「これより『星黎殿《せいれいでん》』は、進路を西に取る」
遠く深い声は、少年のそれと重なり、響いていた。

1　信じるだけの

御崎《みさき》市という街がある。

多くの人々が、欠けた街だった。

ただ死んだ、というわけではない。

喰われて、消えていた。

本来、世界に在ったはずのモノが、その根源の力たる〝存在の力〟を喰われ、いなかったことにされたのだった。ゆえに、その欠落《けつらく》は誰にも気付かれず、忘れ去られていた。

人々を喰らった者の総称《そうしょう》を、〝紅世《ぐぜ》の徒《ともがら》〟といった。

この世の『歩いてゆけない隣《となり》』から渡り来た、異界《いかい》の住人たちだった。彼らは、人々を喰らって得た〝存在の力〟で己《おのれ》を顕《あらわ》し、また自在《じざい》に操《あやつ》ることで在り得ない不思議《ふしぎ》を現した。

御崎市は、一年にも満たない間に、その襲来《しゅうらい》を幾度《いくど》も受けていた。

結果、本来在《あ》ったはずのモノが欠けたことで起きる『世界の歪《ゆが》み』は増大し続けた。歪みを均《なら》す力を持つ『調律師《ちょうりつし》』による緩和《かんわ》もあって、切迫《せっぱく》した危機こそ去っていたが……喰われ、消え、忘れ去られ、欠け落ちたモノは、二度と戻ってこない。

その中に、とある一人の少年もいた。

彼は今、御崎《みさき》市にいない。


正月の声もようやく薄れた、一月八日の早朝。

不自然な光景が、御崎市西部《せいぶ》、住宅地の一隅《いちぐう》にある。

坂井《さかい》、という表札《ひょうさつ》のかかった家の庭で、

「――っ！」

シュ、と音も微《かす》かに枝が奔《はし》った。

鈍い痛みすら覚える寒気の中、体操服姿《ふくすがた》の少女が、左手に取った短い枝を振っている。

一人で。

「――っ！」

続いて姿勢を低く変え、鋭く突きを繰り出す。

尖端《せんたん》が弾丸《だんがん》のように寒気を貫《つらぬ》き、空の一点で止まった。と思えた瞬間《しゅんかん》、それは真下《ました》に走って地面スレスレへと振り下ろされる。が、今度も止まらない。勢いを減じることなく、本来持ち主《ぬし》が在った空間へと、そのまま一回転する。

持ち主の方は、宙でアクロバットのように縦《たて》回転して、右の踵《かかと》による浴びせ蹴《げ》りを放っていた。無駄《むだ》に地面を打たず、静かに、素早く、綺麗《きれい》に着地して、左の膝《ひざ》を限界まで曲げる。着地で殺した衝撃《しょうげき》をいっぱいに溜《た》め込んだそれを、伸び上がることで開放した。

「——った！」

遂《つい》に本命の一撃《いちげき》、再び地面スレスレにあった枝が、今までの数倍という速さで空を切る。

「……」

少女は終点の姿勢で止まり、自身の動作、枝が作った殺界《さっかい》の流れと広がりを検証《けんしょう》した。

いつしか、一人稽古《げいこ》にも慣れている、と感じつつも、また感ずればこそ、より冷徹《れいてつ》に自己を律して表に出るものを抑える。他のやり方を、少女は知らなかった。

自分の日常から欠け落ちたモノ——今《いま》立つ対面の、空白。

その大きさ深さに引き摺《ず》られないよう、しっかり確固と立つ。

と、少女の傍《かたわ》ら、

「シャナちゃん、そろそろ時間よ」

縁側《えんがわ》も兼ねる掃き出し窓が開いて、和やかな女性の声がかかった。

屹立《きつりつ》が、ようやく張り詰めていたものを緩める。

「ん」

短く答えて、シャナ、と呼ばれた少女は縁側で靴を揃《そろ》えて脱ぎ、家の中に入った。

居間である部屋の中央、テーブル上には、ミルクと砂糖をたっぷり入れた熱々の紅茶、湯気を上げるおしぼりが、一つずつ。

「……」

シャナは、それらを手に取らず、じっと見つめた。

「ふふ、シャナちゃんが飛んだり跳ねたりしてると、ただでさえ狭い家《うち》の庭が箱庭《はこにわ》みたい」

言って、台所から暖簾《のれん》を潜《くぐ》って入ってきたのは、坂井千草《さかいちぐさ》。

海外に単身赴任《ふにん》している夫・貫太郎《かんたろう》の留守《るす》を預かる専業《せんぎょう》主婦である。

「もっと広いところでやった方が……あ、でもそれだと、毎朝遊《あそ》びに来てもらう理由がなくなっちゃうわね。一人だと、どんな爽《さわ》やかな朝でも寂しいもの」

「――、――」

シャナは言いかけて、踏み止まり……思った通りの言葉を、別の意味で返した。

「一、いい、一人じゃない」

「そうね。この子が生まれたら、もっと賑《にぎ》やかになるわ」

当然、千草は別の意味で受け取り、自分のお腹《なか》を愛《いと》おしげに撫《な》でた。

膨《ふく》らみも未だ微《かす》か、というそこには、新たな命が宿っている。

その命が、どんな名を授かるのか、シャナは訊《き》いていない。

彼女ら夫婦が、どのような意味を込めて子供に名を付けるか、知っていた。だからこそ、訊

けなかった。そこにもし、ある文字が入っていたら……。

千草《ちぐさ》は時計に目をやり、少女を促《うなが》す。

「さ、今日から新学期でしょ、早めに支度《したく》しなきゃ」

「うん」

頷《うなず》きに表情を隠《かく》したシャナは、おしぼりで乱暴に手と顔を拭《ぬぐ》うと、まだ熱い紅茶を一息《ひといき》に飲み干した。

その豪快《ごうかい》さを千草はクスリと笑い、

「シャナちゃんったら、もう」

置かれたおしぼりを取って、ミルクの輪を作る小さな唇《くちびる》を軽く撫《な》でた。そこから一連の手馴《てな》れた作業として、少女の身をクルリと半《はん》回転させて、背中を押す。

「さ、次はお風呂《ふろ》。外側から温まってらっしゃい」

「ん」

今度は照れ隠しとして、シャナは短く答えていた。

近しく触れ合うこの二人に、血の繋《つな》がりはない。

法的な意味での親子関係があるわけでもない。

なんらの接点も、今は持っていなかった。

そんな二人は、しかし何故《なぜ》か非常に親しい、まるで親子のような間柄《あいだがら》だった。

いかにも不自然な在り様《よう》だったが、事実として、そういうことになっていた。

二人を介《かい》していたモノが一つ、欠落《けつらく》した。

その結果として、今の在り様が残されていた。

千草は不自然さを自覚できず、シャナはできた。

シャナは、世の常の人間ではなかったからである。

彼女は世界のバランスを守るため、世の陰に跋扈《ばっこ》する〝紅世《ぐぜ》の徒《ともがら》〟を討滅《とうめつ》する異能《いのう》者・フレイムヘイズの一人だった。称号《しょうごう》は、『炎髪灼眼《えんぱつしゃくがん》の討《う》ち手《て》』。この街で暮らすため偽装《ぎそう》した名は、平井《ひらい》ゆかり。仮の住まいは、隣町《となりまち》にあるマンションの一室。

千草は前の二項《にこう》を知らず、後《あと》の二項だけを知っている。

シャナも、知らせようとはしなかった。

二人を介していたモノ、欠落したモノが、千草の息子《むすこ》だったからである。

正確には、息子本人《ほんにん》ではない。かつてこの街を襲《おそ》った〝紅世《ぐぜ》の王〟一味に喰われた息子の残り滓《かす》。すぐに消えるはずの代替物《だいたいぶつ》だった。

異能者としての総称《そうしょう》、使命を遂行《すいこう》する者としての称号しか持っていなかった少女は、その代替物から一個の存在としての『シャナ』という名前を貰《もら》い、共に幾《いく》つかの戦いを経、共に幾らかの時を過ごし……そして、ある時《とき》突然、失った。

気付けば、彼女の周りから、代替物の痕跡《こんせき》が消え失せていた。

十二月二十四日、クリスマスイブのことだった。

「……」

居間から廊下に出たシャナは、ここ二週間余《よ》の習慣として、前にある階段を見上げた。上がった先には、何度も駆け込んだり、外のベランダから出入りしていた部屋がある。

今、そこは空っぽになっていた。

かつて自分が大太刀《おおだち》を突き立てた跡、それだけが部屋の中央にぽつんと残された光景を初めて見たとき、彼女は数秒、自失《じしつ》した。自失してすぐ、空っぽの中に欠落の原因、手がかりが残されていないか、必死になって探した。まるで代替物《だいたいぶつ》そのものを探すように。

が、なにも、なにも、なかった。

以来、部屋には入っていない。入る理由がなかった。共に代替物の周囲に在った者たちが訪れても、案内するだけで自分は入らなかった。入ることを拒《こば》んだ。

「シャナ」

胸元に下がる、黒い宝石に交叉《こうさ》する金の輪を意匠《いしょう》したペンダント、神器《じんぎ》〝コキュートス〟から、彼女と契約し異能の力を与える〝紅世《ぐぜ》の王〟、魔神《まじん》〝天壌《てんじょう》の劫火《ごうか》〟アラストールが小さく促《うなが》す。これも、ここしばらくの習慣だった。

「ん」

また、短く頷《うなず》いて返す。

彼が、自分に付けられた名前を自然と呼ぶようになったのは、一体いつからだったか。

脱衣所《だついじょ》の戸を開けながら、今さらのように考える。

この街に来るまで、彼にフレイムヘイズ『炎髪灼眼《えんぱつしやくがん》の討《う》ち手《て》』を指す言葉は不要だった。ゆえに、他と区別して呼ぶことが、他を交えて会話することが、そもそも稀《まれ》だったからである。

最初は互いに無用のもの、以上に煩《わずら》わしいとさえ思っていたはずだった。

それがいつの間にか、呼ばれることに慣れ、呼ぶことに慣れ、愛着《あいちゃく》以上の、ここに在る少女の存在を定義する一部とすら認識《にんしき》するようになっている。

名を呼ぶというだけの行動が、概念《がいねん》に変化を及ぼしたのか……己《おのれ》というものの不思議《ふしぎ》さを思いつつ、シャナはアラストールの意思を表出《ひょうしゅつ》させるペンダント〝コキュートス〟を外した。それを風呂場《ふろば》脇に積まれたバスタオルの下に押し込み、素早く衣服を脱ぎ、傍《かたわ》らの籠《かご》に放り入れる、という入浴の手順も、既《すで》に無意識の内に行っている。

考え、感じていることは、
もう不意な用事で脱衣所に入《はい》って来られることに警戒《けいかい》しなくてもいい。

入浴中に洗面台で顔を洗う無神経さに文句を飛ばす手間も取られない。

千草《ちぐさ》と一緒に、それらを後で言い咎《とが》め、とっちめる必要もなくなった。

そんな、事々《ことごと》の自覚と、うそ寒い身軽さ。

なにもかもを振り払うように、足早に浴室に入る。

すぐさまシャワーのノブを捻《ひね》って、お湯になるのも待たず、水を頭から被《かぶ》った。降りかかる冷たさに全てが弾《はじ》けて、訪れる温かさが全てをぼやかしてゆく。

頰《ほお》を伝うものの中に、水《みず》以外のものは、一滴《いってき》たりと混じっていない。


三学期の初日ということもあり、始業前《まえ》の市立御崎《みさき》高校一年二組の教室は、常にも増してハイテンションな喧騒《けんそう》に湧《わ》き返っている。

「いよっす!」「おはよう」「あけましておめでとー」「はい、おめでとーさん」「おっはよーっ!」「おう」「おひさー」「四日ぶりで、なーにがオヒサだっつーの」

等の、時を置いて顔を合わせる者同士《どうし》の挨拶《あいさつ》、あるいは、

「ねえねえ、どっかいった?」「うち、ケチでさあ……初詣《はつもうで》の御崎神社《じんじゃ》だけ」「ふふ、私なんかハワイよ、ハ・ワ・イ」「はいはい、今朝《けさ》三回目」「俺なんかカンペキ寝《ね》正月」「俺もー」

等の、冬休みと正月の土産《みやげ》話が、そこここに行き交っていた。

その中、より高らかに元気よい声で、

「じゃーん! どう?」

緒方《おがた》真竹《またけ》が開けた菓子折《お》りを差し出していた。

ごくごく平凡な、薄紙で包装された饅頭《まんじゆう》が二十前後、箱の中に並んでいる。微《かす》かなチョコレ

ートの香りが、珍しいと言えなくもない。

差し出された田中栄太《たなかえいた》は、いま二つほどノリの悪い表情で返す。

「どう、って……今どき饅頭で言われてもな」

「なによ、せっかく人がお土産に、って持ってきたげたのに」

つれない反応に、緒方は頬《ほお》を膨《ふく》らませた。

田中は慌《あわ》てて謝る。

「すまんすまん。やっぱ、ずっと田舎《いなか》に帰ってたんだな」

「お母《かあ》さんの田舎だから、帰る、ってのは少し違うけどね」

彼女自身は、生まれも育ちも御崎市である。

「親戚《しんせき》の付き合いで、色んな行事とか挨拶《あいさつ》に引っ張りまわされて、もう大変。田舎って、そういうの多いのよねー。一昨日《おととい》、帰ってくるまで電話の一つもする暇《ひま》なかったんだから」

田中は再び、菓子折りに目を落とす。

「で、そんとき言ってた『お楽しみ』がコレってわけか。まあ、美味《うま》そうだけど、朝っぱらから渡すようなもんか？」

「今日は始業式だけで昼前にお開きでしょ？　だから先に配っとこーと思って……あれ？」

言いかけて、緒方は教室を見渡す。

その仕草《しぐさ》に、

「！」

田中《たなか》は期待した。

が、

「池君《いけ》、いないね」

緒方《おがた》は別の、クラスのスーパーヒーロー『メガネマン』こと池速人《はやと》の名を口にする。

「いつもなら、なにも言わなくてもパパッと配ってくれるのに」

「池なら生徒会室だろ。三学期になって、生徒会も一、二年生メインに引き継ぎしたからな。あいつも色々と忙しくなってんだよ」

自分の落胆《らくたん》を顔に出さないよう気を付けて、田中は説明した。幸い、彼女は代わりの、職員室からプリントを持ってきたらしい少女に目を留めている。

「あ、一美《かずみ》！　お饅頭《まんじゅう》あるよー！」

友達の頷《うなず》きをもらうと、緒方は菓子折《お》りを置いて頬杖《ほおづえ》を突いた。ふう、と小さな溜《た》め息が、その口から漏れる。

「シャナちゃんは……鞄《かばん》もないから、まだ来てないのかな。佐藤《さとう》も転校延《の》ばしたのに休みだっていうし、なんだか皆、新学期早々《そうそう》冴えないわねえ」

「そう、だな」

彼女ら二人の中学時代からの友人、お軽い美（を付けてもいい）少年・佐藤啓作《けいさく》は本来、三学期から遠い県外の名門校《めいもん》へと転校する予定だった。それが突然、彼曰《いわ》く『手続き上の問題』で新年度まで延期となっている。

結果、晦日《みそか》にいつもの皆で集まって開くはずだった、彼のお別れ会も兼ねたパーティは中止となり――池と田中に急な用事ができた、という他の理由もある――緒方は早め長めの帰省《きせい》を家族と共にすることとなった。

そんなこんなで今日、やっと皆が二週間ぶりに顔を揃《そろ》える、と喜び勇んで饅頭まで持ってきたのに、この有様《ありさま》。彼女としては全く、出鼻《でばな》を挫《くじ》かれた心持《こころもち》だった。溜め息の一つも出ようというものである。

田中は、そんな彼女に、とある一つの事柄《ことがら》を問いかけ、確かめたい衝動《しょうどう》に駆られる。

「――」

教室内の様子《ようす》を一目《ひとめ》見れば、無駄《むだ》であることは分かりきっていた。現に彼女が探した『皆』も、たったあれだけだった。しかし、それでもなお、一縷《いちる》の望みを絆《きずな》に託して、問いかけ、確かめたかった。

「――オ」

オガちゃん、と声の出かけたところに、

「おはよう、緒方さん、田中君」

プリントを教壇《きょうだん》に置いた吉田《よしだ》一美《かずみ》がやってきた。

緒方《おがた》は突然、跳ねるように抱きついて友達を出迎える。

「一美《かずみ》ー!!」

「ひゃあっ!」

思わず叫んだ吉田《よしだ》は、

「皆いなくて寂しかったよー!」

「っ!?」

次にかけられた言葉にギョッとなって、思わず田中《たなか》を見た。

その田中は首を僅《わず》かに振って、自分も抱いたはずの期待を否定する。

もちろん緒方はその意味にも仕草《しぐさ》にも気付かない。

「シャナちゃんは来てないし、佐藤《さとう》は欠席、池《いけ》君は生徒会でしょ。おまけに一美までいなかったから——」

「田中と二人っきりでした!」

傍《かたわ》らの席にあった中村公子《なかむらきみこ》が、勝手《かつて》に言葉を継いで囃《はや》した。

「ちょっ、な、なに言って」

赤面《せきめん》、狼狽《ろうばい》する緒方に摺《す》り寄ると、打って変わって猫なで声になる。

「ねえ、私にもお饅頭《まんじゆう》チョーダイ。今朝《けさ》、なーんにも食べてなくってさあ」

「はあ? 今《いま》食べる気なの?」

その向かい、後ろ向きに座る藤田晴美《ふじたはるみ》が呆《あき》れ声を出した。ついでに仕切り屋のクラス副委員らしく、緒方《おがた》の方にも指摘《してき》する。

「オガちゃんも、そんなの堂々と広げてたら怒られんじゃないの？」

「ゴホン、その点は大丈夫《だいじょうぶ》」

咳払《せきばら》い一つ、立ち直った緒方は、なぜか得意げに胸を張った。

「部活の朝錬後《あされんご》に、職員室にも届けてあんの。センセたちも皆で食べてたから、もし見つかっても、こっちだけどうこう言われることないでしょ」

「ははー、大した策士様《さくしさま》ですこと」

藤田は笑って肩をすくめる。

一方の中村は、早速《さっそく》手を伸ばした。

「じゃあ遠慮《えんりょ》なく」

「一個だけよ」

「分かってるってば」

「じゃあ私も貰《もら》っちゃおっかなー」

田中には、少女らの明るい遣《や》り取りが、まるで遠い景色のように感じられた。同じ面持《おもも》ちの吉田と目が合って、お互い自然と、教室の中ほどを見やる。

そこには、とあるモノが欠けていた。

不意に、緒方《おがた》が声を上げる。

「あ、池君《いけ》！」

二人が目を転じた先、引き戸を開けて、一人の少年が入ってきた。一年二組のクラス委員にして、頼られる対象《たいしょう》を徐々にクラスの外に広げつつあるお助けヒーロー『メガネマン』こと池速人《はやと》である。

その彼と吉田《よしだ》、

「……」

「……」

二人、自然に目を合わせ、また不自然に逸《そ》らした。

なにも知らない緒方が、明るく呼び掛ける。

「池君、ちょっとこっち来てー」

池は一瞬《いっしゅん》だけ表情に揺らぎを見せて、すぐ平静さを取り戻した。久々に会う面々へと、軽い新年の挨拶《あいさつ》を放る。

「あけましておめでとう。あ、そのお土産《みやげ》、職員室のと同じやつ」

「え、もう食べたの？」

驚く緒方に言う姿は、全く常の、冷静にして温厚《おんこう》な彼そのものである。

「うん。たった今、始業式の準備でお使いに行ってさ、一つ貰《もら》ったんだ。皮がチョコ風味《ふうみ》って

「まあね。選んだのはパッケージに描かれてた狸《たぬき》が可愛《かわい》かったからだけど」

のは面白い取り合わせだね。名物なの？」

「可愛い狸、ねえ」

職員室で見たそれは、文字を崩した大雑把《おおざっぱ》な形だったと記憶《きおく》しているが、いちいち異論《いろん》を唱えるのも馬鹿らしい。どのみち女の子のセンスは分からない、と無難《ぶなん》な感想だけを返す。

「まあ、洒落《しゃれ》たデザインではあった、かな」

ひとしきり話してから、池は改めて吉田に向き合った。

「おめでとう、吉田さん」

「あけましておめでとう、池君」

いつもと同じ、親しい者同士《どうし》の挨拶。

それが、こんなにも空々しく響《ひび》くのか、と二人は胸に痛感《つうかん》した。愛想笑《あいそわら》いすら作れず、曖昧《あいまい》な態度と表情を鏡《かがみ》のように掲げ合うしかない。

当然のこと、であったかもしれない。

池は、去る十二月二十四日、吉田に自分の想いを告白していた。

吉田は、そんな池の想いを受け止め、しかし応えられなかった。

晦日《みそか》のパーティーが中止になったこともあり、二人はそれ以来、半《なか》ば辛さ、半ば恐れから、互いに接する機会を持っていなかった。二週間という空白に、あるいは緩和《かんわ》と回復のあることを望んでいた関係は、やはり別れたときのまま……出会うことでしか融《と》け得ない、内包《ないほう》したものを表さない氷だった。

二人は勿論《もちろん》、それらのことを余人《よじん》に漏らしたりはしていない。

しかしここに在る少女らは、ただ少女であるがゆえに、それらの空気に敏感《びんかん》だった。もっとも、感じ取った結果としての行動は三者三様《さんしゃさんよう》。即《すなわ》ち、

「あのさフガッ!?」

無遠慮《ぶえんりよ》に、好奇心《こうきしん》から尋《たず》ねかけた中村《なかむら》を、

「そ、そろそろ授業始まるね」

バン、と口を平手《ひらて》で叩《たた》くように藤田《ふじた》が押さえ、

「……」

緒方《おがた》は無言で、二人を気遣《きづか》わしげに見上げたのだった。

田中《たなか》だけが、三人の反応や行為の意味が分からず、怪訝《けげん》な表情になる。

「?」

「そうだね、そろそろ席についとこうか」

池《いけ》は有り難く藤田のフォローを受け、辛《かろ》うじて場を誤魔化《ごまか》した。

吉田《よしだ》も救われた思いで、

「うん。緒方さん、お土産《みやげ》は後で——」

言いかけたとき、ガラリと引き戸が開く。

振り向く前に感じられるほどの緊迫《きんぱく》が、教室の中に走った。

一年二組の生徒たちにとって未知のものではない、とはいえ久しく感じなかった、硬直と萎《い》縮《しゅく》を伴う戦慄《せんりつ》。誰もがその場で射竦《いすく》められていた。他の教室に沸き返る、戸の開く前と変わらない喧騒《けんそう》が、今《いま》在る光景の異常性を、より強調する。

この雰囲気《ふんいき》を作り出したのは言うまでもない、戸口に立ったまま、なぜか入って来ようとしない、小柄《こがら》な少女である。

「……」

怒っているのか悲しんでいるのか判然《はんぜん》としない、クラスメイトたちが初めて見る表情を、少女は浮かべていた。まるで見えない不破《ふわ》の壁でもあるかのように、ただ立ち尽くしている。その姿は、苦悩《くのう》に頑《がん》と耐える強者《つわもの》とも、駄々《だだ》をこねて座り込む子供とも見えた。

誰もがなにもなし得ない、数秒の沈黙《ちんもく》を、

「シャナちゃん」

ただ一人の例外たる少女、吉田一美《かずみ》が、辛うじて破った。

シャナはなおも立ち尽くしたまま、自分に呼びかけた友達、自分と秘密や想いを共有する恋《こい》敵《がたき》に、求めるような視線を向けた。

が、吉田には、なにもしてやれなかった。

できたのは、友達の求めから顔を背け、恋敵《こいがたき》にとっても自分にとっても、受け入れ難《がた》い事実を示すこと――教室の中ほどを見やる、それだけだった。

シャナも、苦しみを押して、視線を追った。

「……」

予想されていた現実、希望を容赦《ようしゃ》なく砕く事実が、厳然《げんぜん》と彼女を出迎える。

いつの間にか見慣《みな》れていた、彼女にとっての日常となっていたそこに、明らかな記憶《きおく》との齟齬《そご》、確かな思い出との相違《そうい》が、ある。客観《きゃっかん》的な状況として表現するならば、ない。

教室から一つ、席が減っていた。

御崎市《みさきし》東部、大きな屋敷《やしき》の立ち並ぶ旧《きゅう》住宅地でも、一際《ひときわ》広く大きな佐藤家《さとうけ》。

その室内バーに居《い》候《そうろう》しているフレイムヘイズ、『弔詞《ちょうし》の詠《よ》み手《て》』マージョリー・ドーは、酒に酔ってソファに寝転《ねころ》ぶ、という常の格好《かっこう》のまま、事実上の家主《やぬし》である少年、佐藤啓作《けいさく》が出て行ったドアを眺《なが》めていた。

傍《かたわ》らに置かれた、画板《がばん》を纏《まと》めたようなドでかい本、神器《じんぎ》〝グリモア〟が、軽薄《けいはく》な笑いにガタガタと揺れる。

「ヒッヒヒ、まったくタイミングが良いんだか悪いんだか。どーも最近、ただの偶然にも意味がまうように勘繰《かんぐ》っちまうなあ」

彼女と契約し異能《いのう》の力を与える〝紅世《ぐぜ》の王〟、〝蹂躙《じゅうりん》の爪牙《そうが》〟マルコシアスの声に、マージョリーは深い溜《た》め息で答えた。

「そうね。受け取る側をそんな風《ふう》に惑《まど》わせる、ってことなら、偶然には間違いなく悪意が込められてるわ」

表情を隠《かく》すように、顔へと添えた二《に》の腕《うで》の陰から、傍《かたわ》らのテーブルを見やる。

分厚《ぶあつ》いガラス板の上に載っているのは、口の破れた空の封筒《ふうとう》。

今朝方《けさ》届いた書類の抜け殻《がら》だった。

差出人《さしだしにん》は、旅行好きなら稀《まれ》に聞くこともある、ヨーロッパの小さな運行《うんこう》会社だが、それは世《せ》間向《けん》けの偽装《ぎそう》に過ぎない。実態は、世界中に謀報と行路の網を張り巡らせるフレイムヘイズの情報交換《こうかん》・支援施設《しせつ》たる『外界宿《アウトロー》』の通信《つうしん》関連部署《ぶしょ》だった。

届けられた書類は、昨年末《すえ》、一人の少年が消えたことに衝撃《しょうげき》を受けた佐藤が、マージョリーと相談――実際は懇願《こんがん》に近かったが――して決めた結果の表れ。あるいは、この三学期から県外の名門校《こう》へと編入する、という彼本来《ほんらい》の予定を遅らせた原因。

そもそも、この転校には、不仲《ふなか》だった親元で暮らすことになった、という表向きのそれとは違う、真の目的があった。マージョリーのために、勉強から人脈《じんみゃく》作りまで人間としてのクラスアップを図る、という彼なりに考え抜いた末の方策《ほうさく》だったのである。

その予定が、友人の失踪《しっそう》（消滅《しょうめつ》とは決して思わなかった）という不測《ふそく》の事件で狂った。というより、繰り上がった。どこまでも未熟《みじゅく》な少年である彼は、もはや己《おのれ》の成長すら待っていられなくなった。戦力・助力者として当てにされるされないではなく、危機感と焦燥《しょうそう》感、さらには友情から、なにかをせずにはいられなくなったのである。

マージョリーも無論《むろん》、悠長《ゆうちょう》に構えていられる状況ではなくなったことを理解していた。どころか、まさに彼女こそが、この街に在る他二名のフレイムヘイズら以上に、起きた事実の重さを、より平明に捉《とら》えていたかもしれなかった。

あの〝ミステス〟の少年の欠落《けつらく》（彼女は事実として、そう認識《にんしき》する）を、正負いずれの感情も介《かい》さず、ただ機能と才幹《さいかん》、特性のみで測っていたからである。

機能とは、その日の内に消耗《しょうもう》した〝存在の力〟を午前零時《れいじ》に完全回復させ、討《う》ち手らをも凌《しの》ぐほど鋭敏《えいびん》に気配《けはい》や力を探知《たんち》判別する——即《すなわ》ち『零時迷子《れいじまいご》』を宿した宝の蔵《くら》としての能力。

才幹とは、あらゆる危難《きなん》の局面に際し異常なまでに冷静となる、敵の巡らせた謀《はかりごと》や隠《かく》された意図を看破《かんぱ》し的確な打開策《だかいさく》を見出し考案《こうあん》する——即ち一個の人間としての資質《ししつ》。

柄《がら》にもなく共同戦線《せんせん》を張ることの多かったこの街で、一筋縄《ひとすじなわ》ではいかない〝徒《ともがら》〟や〝王〟らを向こうに回して戦い抜けた、あるいは守り抜けた要因の、彼は間違いない大きな一つであると、マージョリーは率直《そっちょく》に認めていた。

ゆえに、なればこそ、彼の戦線離脱《りだつ》は深刻《しんこく》だった。しかも、それが［仮装舞踏会《バル・マスケ》］、あの鬼《き》謀《ぼう》の〝王〟によるものだろう企《たくら》みの一環《いっかん》となれば、討ち手側の蒙《こうむ》った見えない部分の損失は、より大きく感じられようというものである。

（下手《へた》すると、この御崎《みさき》市が現代の『闘争の渦《うず》』になる、あるいは既《すで》にそうなっている可能性まであるってんだもの……嫌んなっちゃうわ）

マージョリーは、酒臭い溜《た》め息を吐く。その端《はし》に、炎《ほのお》のような怒りが混じった。

（それに、今度の件だって、絶対に奴が絡んでいる）

彼女が測っていた残り一つ。

特性とは、謎《なぞ》の自在式《じざいしき》を打ち込まれ変質《へんしつ》した『零時迷子《れいじまいご》』が内包《ないほう》するようになったらしい、彼女の仇敵《きゅうてき》の手がかり――即《すなわ》ち『銀』へと繋《つな》がる存在としての意義だった。

そうでなければ、元来気儘《きまま》な彼女が、ここまで深く考えを巡らせたりはしない。

（もう、当て所《ど》もなくウロウロしていられる情勢じゃない……掴《つか》んだ尻尾《しっぽ》を、せいぜい離さないよう慎重《しんちょう》に見極《みきわ》めてから動かないと）

今回、佐藤啓作《さとうけいさく》の意向を汲《く》む結果となったのも、まず当分は御崎市の情勢を監視《かんし》する、という他二名との申し合わせがあってこその処置である。佐藤自身にとってはもちろんそうだが、マージョリーらにとっても、今後の行動の幅を広げる地固《じがた》め、という一面があった。

そうして年末、幾《いく》らかの私信《ししん》も含めた書簡《しょかん》を外界宿《アウトロー》に送り、待つこと二週間弱《じゃく》。

三学期が始まる前日、つまり昨日《きのう》、その結果が届いた。

佐藤《さとう》にとっては全く喜ばしい、一つの報せとして。

マルコシアスが珍しく、小声で漏らす。

「ホントーに、これで良かったのかねえ」

受ける印象《いんしょう》の軽薄《けいはく》さとは裏腹《うらはら》に、使命に関してシビアな考え方を持つ彼は、元々《もともと》佐藤を深入りさせることには消極的だった。

マージョリーの方は、不分明《ふぶんめい》な表情をさらに腕で隠《かく》して返す。

「今度のことも、一つの試験よ。ホントーに私の言いつけを守れるかどうかの、ね」

「こーゆー場合は、どっちに転ぶのを願えやいいのか、判断に迷うぜ」

マルコシアスの戸惑《とまど》いには、しかしハッキリした声で答える。

「決まってるじゃない。せめて生き残る方に、よ」


田中栄太《たなかえいた》は一人、足取りも重く帰途《きと》に着いていた。

お土産《みやげ》の饅頭《まんじゅう》を、休んでいた佐藤や、その家に居《い》候《そうろう》するマージョリーへと届ける役目を緒《お》方《がた》に頼んで逃げてきたのである。急用があると言い訳したが、果たして信じてくれたかどうか。

(オガちゃんも、薄々《うすうす》気付いてるかな……俺が姐《あね》さんを避けてるってこと)

彼の家は、佐藤や緒方《おがた》と同じ、御崎市《みさきし》東部の旧《きゅう》住宅地にある。ゆえに三人は中学も同じで、特に佐藤とは一緒に、悪い意味で暴れ回っていた。高校に入ってからは、そういうことからも卒業していたが、仲の良い相棒《あいぼう》として事に当たる関係に変わりはなかった。

ともに憧憬《しょうけい》を抱いた女傑《じょけつ》『弔詞《ちょうし》の詠《よ》み手《て》』マージョリー・ドーの子分として〝紅世《ぐぜ》の徒《ともがら》〟との戦いに加わる、という異常事態《じたい》の中にあっても。

（いつまでも逃げ回ってばかりいられない……分かってるんだ）

その関係が、やや変質《へんしつ》したのは、三ヶ月ほど前のこと。

とある戦いにおいて、緒方が打ち砕かれる様《さま》を目の当たりにしてからだった。その惨劇《さんげき》は、因果《いんが》孤立《こりつ》空間『封絶《ふうぜつ》』の中での出来事であり、後に復元もされて事なきを得ていたが、目に焼きついた恐怖の光景は、彼の精神の心棒《しんぼう》をポッキリと折っていた。戦いに面すると必ず、あの光景が襲《おそ》って来て、心身を縮こまらせてしまうのである。どう対処《たいしょ》しようもない、治るのかどうかも分からない、深い深い傷だった。

そんな情《なさ》けない自分に対する怒りと失望《しつぼう》が、マージョリーの前に立たせることを、未だ彼に拒《こば》ませていた。昨年末《すえ》に起きた事件では、友人の危機という緊急《きんきゅう》事態だったこともあり、自身を鼓《こ》舞してなんとか急報を齎《もたら》すこともできたが、根本的な解決には当然、至っていない。

（どうすればいいか、分かってる……でも、俺は――）

真《ま》っ直《す》ぐ過ぎる少年は、悩むときも安易に妥協《だきょう》せず、直下に落ちてしまう。解決のために助けを求めることもない。自分の問題だから、と背に負うのみだった。

すでに何ヶ月も繰り返している自問自答《じもんじとう》を、顔の薄皮《うすかわ》一枚下《した》に隠《かく》して、彼は自分の家のある筋《すじ》に入る。と、

「よう」

「佐藤《さとう》!?」

その曲がり際の塀《へい》に、背をもたせ掛けていた友人と出くわした。

どうやら、彼の帰宅を待っていたものらしい。普通の外出着《がいしゅつぎ》であるところから、登校途中《とちゅう》でサボったのではない、最初から行く気のなかったことが分かる。表情はどことなく晴れやかであり、また寂しげでもあった。

その様子《ようす》に胸騒《むなさわ》ぎを覚えた田中《たなか》は、つい意味もなくキツい詰問口調《きつもんくちょう》で尋《たず》ねる。

「今日は用事があるから休むんじゃなかったのか?」

「ああ、そっちの準備も終わったからさ、まずお前に挨拶《あいさつ》しとこうかなって」

「準備……?」

悪びれない答えに、胸騒《むなさわ》ぎが大きくなる。それは、どちらかといえば気持ち悪い……普段の彼なら嫌う類《たぐい》の、しかし何故《なぜ》か今は自ら大きく開放したくなるような、奇妙《きみょう》な胸騒ぎだった。

どこまで察しているのか、佐藤は構わず平然と、自分の行く道を告げる。

「明日、俺は東京の外界宿《アウトロー》に向かう」

「!!」

衝撃《しょうげき》の中、田中は胸騒ぎの性質を理解した。旅立つ親友に抱いたものは、心配などでは決してない。立ち止まっている自分を置いて、決定的な一歩を先に踏み出されたことへの悔《くや》しさと羨《うらや》ましさ……つまり、嫉妬《しっと》なのだった。

佐藤は、背を塀から離し、親友の前に立つ。

「こうする理由は、言わなくても分かるよな」

「……ああ」

田中も、重苦《おもくる》しい声で肯定した。

二人は昨年末《すえ》、忘れられない事件に遭遇《そうぐう》した。

友人が、行方《ゆくえ》不明になったのである。

しかも、ただいなくなったというだけではない。まるで他のトーチと同じように、他者の記《き》憶《おく》から抜け落ち、痕跡《こんせき》が掻《か》き消えるという、存在の喪失《そうしつ》だった。

友人は幸い『零時迷子《れいじまいご》』という宝具《ほうぐ》を身に宿した〝ミステス〟で消える心配はない、普通の人間と何ら変わるところのない少年である、だからこそ今までもこれからも同じように付き合う、一緒に戦い助けたり助けられたりする……しかし、一つの戦いが終わった翌日《よくじつ》、それらが全くの油断《ゆだん》であり、錯覚《さっかく》であったことを、思い知らされた。

シャナ——彼と最も親しかったはずの、フレイムヘイズの少女によって。

彼女によって密《ひそ》かに連れて行かれた坂井家《さかいけ》のベランダから中を覗《のぞ》いて驚愕《きょうがく》し、慌《あわ》てて帰った自分の部屋で掘り出した写真からその姿がなくなっていることに恐怖した。

フレイムヘイズらと日常的に触れ合い、『この世の本当のこと』を理解している彼ら二人だったからこそ、覚えている。逆に言えば、その記憶《きおく》の中にしか、残っていなかった。

ただ、動揺《どうよう》した彼らに、シャナは一つのものを差し出し、示していた。

中身こそ見せてはくれなかったが、それは彼が無事な証《あかし》なのだという。

彼が消えたのなら、これは返ってきたりなどしない、と彼女は言った。

友達として、言ってくれた。

佐藤《さとう》は彼女に応えて、己《おのれ》の道を選んだ。

自分は未だここで、なにもできずにいる。

全て分かっているからこそ、田中《たなか》は嫉妬《しっと》を覚えていた。

その佐藤は平然と、嫉妬される理由を口にする。

「こんなときに一人だけ抜け抜けと、この街から逃げ出すわけにもいかない。といって、ただいるだけでも意味がないだろうからな……ほら」

「……？」

彼がポケットから取り出したのは、数枚の紙束《かみたば》。

細かな、日本語によるそれは、佐藤啓作《けいさく》という人間についての調査報告書《ほうこくしょ》だった。本人だけではなく、係累《けいるい》に知人、近隣《きんりん》住民から行きつけのコンビニ店員まで、ありとあらゆる関係者に不適正な背後関係《はいご》がないか、綿密《めんみつ》に行われた身辺《しんぺん》調査の結果が、延々《えんえん》書き綴《つづ》ってある。

その最後の行を、摘《つま》んだ彼の指が示していた。

書面に曰《いわ》く、

『佐藤啓作氏《し》の身辺《しんぺん》に、不適正《ふてきせい》な影響《えいきょう》の存在、および危険性の該当例《がいとうれい》は見られず。仍《よっ》て、初等《しょとう》連絡員への任命、および口頭《こうとう》による特務《とくむ》事項の報告派遣《はけん》を承認《しょうにん》する』

つまり、マージョリーの名代《みょうだい》として、外界宿《アウトロー》への派遣が認められたのだった。

「詳しい報告自体《じたい》は、あの直後にカルメルさんがやったらしいけど……マージョリーさんは、とりあえず行くだけ行って、目指す場所を自分の目で確認して来い、ってさ」

「そう、か」

田中は、嫉妬《しっと》の暗さに引き摺《ず》られていると自覚して、それでも声に表さざるを得なかった。

長くつるんできた佐藤は当然、友人の内心《ないしん》を知って、それでも自分の話を続ける。

「実際、行くところは外界宿《アウトロー》の、分室っつーの？　そんな所で、東京の本拠地《ほんきょち》はペーペーの俺には秘密らしいけどな。フレイムヘイズの一人にでも会えりゃ上出来《じょうでき》だろう」

「それで」

「そこも、やってんのはマージョリーさんと馴染《なじ》みの人間なんだとさ。身辺調査の結果は当然として、俺があっさりニンメイされたのも、その辺りのコネかな、とか思ったり」

「それで俺に」

知ってなお話す親友の酷《ひど》さに、遂《つい》に田中《たなか》は我慢《がまん》ができなくなった。

「俺に、どうしろ、ってんだ」

「……」

佐藤《さとう》は挑発《ちょうはつ》的な声と態度で、田中に額《ひたい》を付き合わせる。

「……どうしろ、だって？」

大柄《おおがら》な田中を相手にした、まるで摑《つか》みかかるように伸び上がる不自然な姿勢である。

「俺は『一緒に来い』って誘いに来たわけじゃないぞ。連れションじゃあるまいし」

言って、自分の下手《へた》な冗談《じょうだん》で笑った。

「ただ、俺はこうする、って言いに来ただけだ」

晴れやかに、寂しげに。

田中は、なによりその表情に抱いた感情を、

「羨《うらや》ましいか？」

「!!」

正確に指摘《してき》され、声を失った。

言った佐藤は、微笑の種類を変える。

「良かったよ、そう思ってくれて」

「え？」

今度の微笑は、安堵《あんど》であり、喜びでもあった。

「これでなにも思わなかったら、本当に道が分かれてただろうからな」

「佐藤《さとう》」

言わせず佐藤は、親友の腕をポンと叩《たた》き、横を通り抜けていく。

「じゃあな。すぐに戻るから、その間、マージョリーさんのこと頼むぜ。バーの掃除、婆《ばあ》さんたちは遠慮《えんりょ》して最低限しかやんねーからさ」

「佐藤！」

軽く手を振って立ち去る親友に、田中《たなか》は名前だけを叫んでいだ。追いかけることも、それ以外を叫ぶこともできない自分に、より強い怒りと失望《しつぼう》を感じながら。


この街に在る三人目のフレイムヘイズ、『万条《ばんじょう》の仕手《して》』ヴィルヘルミナ・カルメルは、シャナが存在を割り込ませ、仮の姿とした平井《ひらい》ゆかりのマンションに同居している。

燃えるゴミの日が来る度《たび》、シュレッダーにかけた紙片《しへん》入りの袋を山のように出すことを近所に不審《ふしん》がられる程《ほど》、その手元には、外界宿《アウトロー》から大量の書類が送付され続けている。

今も彼女は、給仕服《きゅうじ》の身をスチール製の執務《しつむ》机に付けて、山積みされた書類を分類、整理していた。その一通に目をやって、微《かす》かに険しい愁眉《しゅうび》を開く。

「報告した案件《あんけん》についての返答が、各所から返ってきているようでありますな」

「危局認知《ききょくにんち》」

その頭上、ヘッドドレス型の神器《じんぎ》〝ペルソナ〟から、彼女に異能《いのう》の力を与える〝紅世《ぐぜ》の王〟、〝夢幻《むげん》の冠帯《かんたい》〟ティアマトーが状況を端的《たんてき》に説明する。

外界宿中枢《アウトローちゅうすう》も、彼女の送った報告書の重大性、その世界に及ぼす影響《えいきょう》の危険性に、ようやく注意の目を向け始めたらしい。世界各地から、雑多《ざった》とはいえ、幾《いく》らかの関連《かんれん》情報が集まり始めていた。

この数ヶ月、全世界の外界宿《アウトロー》は、情報と統制《とうせい》を担《にな》っていた幕僚団《ばくりょうだん》『クーベリックのオーケストラ』、および交通網《もう》の管制《かんせい》と手配に当たっていた運行《うんこう》管理者『モンテヴェルディのコーロ』、双方の欠損《けっそん》による大《だい》混乱の渦中《かちゅう》にあった。組織の主導権《しゅどうけん》を巡り、実働《じつどう》部隊を抑えるフレイムヘイズ、組織の運営面《めん》を握る人間、双方して噛《か》み合っていた不毛《ふもう》な権力《けんりょく》闘争は、しかし昨今、俄《にわ》かに収束《しゅうそく》の気配《けはい》を見せつつあった。

重要拠点《きょてん》の損失が、既《すで》にそのような内輪《うちわ》の争いを許さないレベルにまで達していたことが、最大の理由である。名のあるフレイムヘイズが、幾人《いくにん》から幾十人と討《う》ち果たされていく危機的状況は、無理矢理《むりやり》首を捻《ひね》るように、組織中枢の目を互いから外部へと転換《てんかん》させた。

そうした時期に、シャナとヴィルヘルミナ、マージョリー連名による、まるで爆弾《ばくだん》のような報告書が、外界宿暫定首班《アウトローざんていしゅはん》の地位に着いていたフレイムヘイズ、『震威《しんい》の結《ゆ》い手《て》』ゾフィー・

サバリッシュの許へと届けられたのだった。

　要点は二項《にこう》。

　一つは、謎多《なぞおお》き宝具《ほうぐ》『零時迷子《れいじまいご》』を宿した〝ミステス〟が失踪《しっそう》したこと。

　二つは、関与《かんよ》疑いなき組織が、世界最大級の〝徒《ともがら》〟の組織〔仮装舞踏会《バル・マスケ》〕であること。

　これらの報告によって、ようやく外界宿中枢《アウトローちゅうすう》は、各地の重要拠点を襲撃《しゅうげき》し続けていた一団に当たりを付けることとなった。今さら、という非難《ひなん》は当たらない。世に在る他の大《だい》集団から頭一つ二つ抜きん出た組織でありながら、薄々《うすうす》疑われる以上の注視を（ヴィルヘルミナらの報告を受けてもなお）受けなかった理由が、この組織には確かにあったのだった。

　そもそも彼ら〔仮装舞踏会《バル・マスケ》〕の本分《ほんぶん》は、フレイムヘイズにおける外界宿《アウトロー》と同じ『情報交換《こうかん》と支援』である。構成員ではない〝徒《ともがら》〟の保護を始め、他《た》組織との情勢分析《ぶんせき》の会合、討ち手らとかち合わない秘匿交通路の確保、渡り来たばかりの新参《しんざん》や若年者らに対する、この世で暮らすための訓令《くんれい》まで行っている。自ら進んで大《だい》規模な戦いを起こす動機には乏しかった。

　また、組織を実質指揮《しき》する三柱臣《トリニティ》の参謀《さんぼう》〝逆理《ぎゃくり》の裁者《さいしゃ》〟ベルペオルは、全ての企みに手が届く、と評される鬼謀《きぼう》の持ち主ではあったが、その印象《いんしょう》どおり『陰《いん》』謀《ぼう》が活動の主体である。現在、世界中で起きているような、正面切っての戦いは彼女の流儀《りゅうぎ》ではないはずだった。

　現に、この組織は長く、自身による武力《ぶりょく》闘争と呼べるレベルの戦いを行っていない。遥か昔、盟主《めいしゅ》を失った痛恨《つうこん》の一戦《いっせん》以降、彼らの側から自発的に大規模な戦いを仕掛けた事例《じれい》が絶無なのである。この事実が、外界宿《アウトロー》の嫌疑《けんぎ》から彼らを除外させていた、最大の事由だった。

そして、その盟主を失った以上、彼らには大きな戦いを挑《いど》む意味がない。敵の数を減らすための戦いを起こしても、世界の構造に変化など起きようはずもない。人員を損耗《そんもう》する一時的勝利は、互助共生《ごじょきょうせい》組織である彼らにとって、むしろ害でさえあるのだった。

が、

危機的情勢下に齎《もたら》されたシャナらの報告書は、その見方を一変させた。

三柱臣《トリニティ》の内、世界を徘徊《はいかい》する将軍〝千変《せんぺん》〟シュドナイが現れただけなら、なんの不思議《ふしぎ》もない。しかし、同じ場所に〝頂《いただき》の座《くら》〟ヘカテーが、『星黎殿《せいれいでん》』鉄壁《てっぺき》の守護《しゅご》者たる〝嵐蹄《らんてい》〟フェコルーまで帯同《たいどう》して、となれば、もう偶然では済まない。

彼女の目的が『零時迷子《れいじまいご》』という高度ながら半《なか》ば無視されていた秘宝《ひほう》への干渉《かんしょう》であった、という点も含めれば、その出現にきな臭さを感じない者はいないだろう。

かてて加えて、[仮装舞踏会《バル・マスケ》]の捜索猟兵《イェーガー》と巡回士《ヴァンデラー》、および雇われの殺し屋〝壊刃《かいじん》〟サブラクによる大規模な攻撃が、『零時迷子《れいじまいご》』の〝ミステス〟失踪《しっそう》直前に起きている。

もはや、彼らの深い関与に疑問の余地《よち》はない。

組織ぐるみで、[仮装舞踏会]が動いている。

同時期に各地の重要拠点《きょてん》が襲撃を受けている。

ベルペオルの影を見るまでもない。外界宿《アウトロー》中枢は、これら不気味《ぶきみ》な事実の認識《にんしき》でようやく、現在起きている異常事態《じたい》を［仮装舞踏会《バル・マスケ》］と結びつけて論じるようになった。

無論《むろん》、シャナらの側としては、ヘカテー襲来《しゅうらい》から数ヶ月、しつこく警鐘《けいしょう》を鳴らし続けていたわけだから、この再《さい》認識には憤《いきどお》りこそあれ、感心などするわけもない。

ひとまず、ゾフィーによる組織再編《さいへん》がようやく端緒《たんしょ》に付いた、そのゾフィーの命によって御《み》崎《さき》市に［仮装舞踏会《バル・マスケ》］関連《かんれん》情報を優先的に振り分ける処置が取られた、これら二点を、勝ち得た辛うじての成果と思うしかなかった。

「とはいえ、情報精度《せいど》の低さと、相変わらずの無駄《むだ》な量については、今後の改善を待たねばならないようでありますな」

「着実漸進《ぜんしん》」

じっくりやれ、というパートナーの声にヴィルヘルミナは頷《うなず》き、もう一つの懸案《けんあん》事項についてまとめた書類に目を落とす。

「あとはこの、中国内陸《ないりく》で現地の外界宿《アウトロー》が独自に小競《こぜ》り合いを始めたらしい、という情報の詳《しょう》細《さい》を求めたいところ……欧州《おうしゅう》が内輪《うちわ》揉《も》めしている間に、各地の統制《とうせい》が緩んだり、不審《ふしん》から非《ひ》協力的になったりと、足並みの乱れは深刻《しんこく》なレベルに達しているようであります」

「情勢緊迫《きんぱく》」

「む、こんなことでは〝逆理《ぎゃくり》の裁者《さいしゃ》〟が本気で動き出したときに、対応しきれるか――」

言いつつ新たな封筒を開く、その耳に、

「ただいま」

数ヶ月で聞き慣れた、帰宅の挨拶《あいさつ》が届く。

平静さを装って、しかし心底の土台を欠いたように虚《うつ》ろな声だった。

その辛《つら》さを感じて、しかしヴィルヘルミナは鉄面皮《てつめんぴ》を通す。同情も慰《なぐさ》めも、少女にとっては侮辱《ぶじょく》にしかならないことは、育てた彼女が一番よく知っている。ゆえに、

「おかえりなさいませ」

こちらもあくまで平然と出迎える。

シャナは機械的な作業として靴を脱ぎ、スリッパを履《は》いて、廊下を小さな食卓に向かう。

ヴィルヘルミナも襖《ふすま》を開けて、その後に続いた。今日学校であったことを、帰宅してすぐ食卓で報告する、と前もって決めていたのである。

両者、椅子《いす》に向かい合って座ると、シャナは前置きもなく、すぐに報告を始めた。

「席は消えてた。通常のトーチと同じ」

恬淡《てんたん》たる口調《くちょう》に、かえって痛々しさを感じたヴィルヘルミナだったが、それでもお互いのために、使命を疎《おろそ》かにすることはない。複雑な内心を隠《かく》して、簡潔《かんけつ》に確認する。

「手紙に変化は？」

「――ない」

僅《わず》か、間を置いて、シャナは答えた。その手は、鞄《かばん》に添えられている。

中に入っているのは、花のシールを張った、薄桃色《うすもも》の封筒。

封は切られ、中の手紙には一旦《いったん》取り出された形跡《けいせき》も見られる。

十二月二十四日のクリスマス・イブ、シャナが吉田《よしだ》一美《かずみ》との勝負――別々の待ち合わせ場所で少年を待つ、という方式――に際して少年に送られた、所謂《いわゆる》ラブレターだった。

その結果、少年は消えて、少年の宛名《あてな》を記した手紙が、戻ってきた。

不可解《ふかかい》な話、と言えた。

シャナの言ったように、宝具《ほうぐ》を宿したトーチ――〝ミステス〟としての彼の存在は、母を始め周囲の人々の記憶《きおく》から掻《か》き消え、存在の痕跡《こんせき》は何一つ残っていない。

彼のことを覚えているのは、フレイムヘイズであるシャナらと、長く彼女らと関わったごく少数の、『この世の本当のこと』を知らされた友人たちのみ。ごく普通の、喰われた人間の代替物《だいたいぶつ》、存在の残り滓《かす》たるトーチが消えたときの現象《げんしょう》、そのままの結果である。

しかし、この手紙の宛名だけが、残っていた。

しかも、少女らの許《もと》へと、送り返されてきた。

仮に［仮装舞踏会《バル・マスケ》］が『零時迷子《れいじまいご》』を奪取《だっしゅ》したとして、その入れ物でしかない〝ミステス〟の周辺事情《じじょう》に気を払ったりするわけがない。一体誰《だれ》が、なんの理由で、数ある痕跡の中からこの手紙を選び、しかも送り返してきたのか。それとも、この行為にはなにか辛辣《しんらつ》な罠《わな》でも隠《かく》されているのか。

考えれば考えるほど、疑えば疑うほど、謎《なぞ》の空虚《くうきょ》は広がってゆく。

しかしシャナは逆に、この謎を一つの答えとして受け取っていた。

この手紙は希望なのだ、と。

あの時《とき》受けた衝撃《しょうげき》の大きさの分だけ、強く信じた。

クリスマス・イブの夜、喪失《そうしつ》の悪寒《おかん》に駆られ、吉田一美を抱いて雪の空に飛び上がり、坂井《さかい》家《け》に舞い戻り、ベランダから彼の部屋を覗《のぞ》き込み、そこに——空白の部屋を見つけた、あの時の、衝撃の大きさの分だけ。

手紙が届いたのは、その翌日《よくじつ》。

彼の生存を錯覚《さっかく》させ、こちらを撹乱《かくらん》する策略《さくりゃく》だとしたら、手紙一つに思わせぶりな痕跡を残すような半端《はんぱ》はすまい。全てをそのままにするか、彼自身による便りを持ってきただろう。

だから、強く信じた。

この手紙は希望なのだ、と。

彼は消えてなどいない、と、

（——「でも、これ、なに……なんなの？」——）

返ってきた手紙を前に、惑乱《わくらん》の一歩手前《てまえ》にあった吉田一美にも、そう言った。

少年の失踪《しっそう》は、何らかの利用価値《かち》を敵に見出され、攫《さら》われただけなのだ、と。

（——「でも、でも、シャナちゃん」——）

ただ消されるような少年ではない、自分たちが誰よりもよく知っている、と。

もし一人だったら、彼女の冷徹《れいてつ》な部分は、可能性の低さから否定しただろう。

（――「この、手紙が……その証《あかし》……？」――）

しかし二人でなら、同じ想いを抱いた恋敵《こいがたき》と一緒なら、信じることができた。

吉田《よしだ》一美《かずみ》も、そう告げられて、ようやく放心や惑乱《わくらん》を超え、涙を零《こぼ》していた。

（――「うん……私も、信じる……シャナちゃん」――）

シャナは、泣かなかった。泣くなら少年と再会してからにしよう、と決めた。

今《いま》在る彼女の頑《かたく》なさは、迸《ほとばし》る感情の濁流《だくりゅう》をせき止める、堤防《ていぼう》の堅固《けんご》さだった。

ヴィルヘルミナは、愛《いと》しい少女の見せる、そんな堅固さに辛《つら》い既視感《きしかん》を覚えて、しかし口調《くちょう》は努めて冷静に、事実だけを確認する。

「となると、やはりイレギュラーは、その手紙だけ、ということでありますな」

「奇怪現象《きかいげんしょう》」

ティアマトーに頷《うなず》くシャナの胸元から、アラストールが訊《き》く。

「今日の便で、なにか［仮装舞踏会《バル・マスケ》］について分かったことは？」

「……残念ながら。送られてくるものは依然《いぜん》、外界宿《アウトロー》襲撃《しゅうげき》についての断片《だんぺん》情報が主で、『零時《れいじ》迷子《まいご》』が絡むようなものは、特に」

「そう」

言って、シャナは立ち上がる。

もう、この後の行動は決まっていた。

着替えて、一風呂浴《ひとふろあ》びたら、真夜中《まよなか》までヴィルヘルミナとともに情報の精査《せいさ》に当たる。真夜中になったら、マージョリーの許《もと》を訪ねて体力に影響《えいきょう》のない程度、鍛錬《たんれん》に励《はげ》む。そうして、最後に御崎市《みさきし》を巡回《じゅんかい》して異変《いへん》の有無《うむ》を確かめ、夜明け頃に、坂井家《さかいけ》で朝の鍛錬を始める。

フレイムヘイズは、睡眠《すいみん》を取る必要がない。

ゆえに、肉体の機能としては十分、可能な行為である。

しかし、こんな常時《じょうじ》動き詰めの生活は、人間であったときの記憶《きおく》や習慣から、神経をパンクさせてしまう危険性を孕《はら》んでいた。心の休息は、超人《ちょうじん》にも必要なのである。

そうと分かっていながら、しかしシャナは断じて行う。

アラストールもヴィルヘルミナもティアマトーも、あえて止めなかった。

なにかをやっていない方が壊れてしまう、そんな危うさを、三人は少女の様子《ようす》から感じていたのである。止め得ぬまま、そんな日々が正月越《ご》しに延々続《つづ》いていた。

ヴィルヘルミナは、少女の背中を見て思い悩む。

(話すべきでありましょうか、あの情報を)

実のところ彼女には、少女の停滞《ていたい》を一押《ひとお》しする手がかり、あるいは突破口《こう》について心当たりがあった。あくまで可能性としての話であり、雲を掴《つか》むような作業となることも確実、そうしたとて成算《せいさん》もない戦いを強いられる、そんな心当たりが。

その源泉《げんせん》は、数百年前――〝髄《ずい》の楼閣《ろうかく》〟ガヴィダから放られた言葉。

(――「俺の『天道宮《てんどうきゅう》』と、奴《やつ》らの『星黎殿《せいれいでん》』は、迂闊《うかつ》に近づけちゃいけねえ」――)

この、芸術に魅入《みい》られた〝紅世《ぐぜ》の王〟は、複数の人間と共に、世にある中で最大の、対《つい》となる二つの宝具《ほうぐ》を作った。即《すなわ》ち、移動城砦《じょうさい》『天道宮《てんどうきゅう》』と移動要塞《ようさい》『星黎殿《せいれいでん》』である。

人間を喰らうことに倦《う》んでいた彼は[仮装舞踏会《バル・マスケ》]と袂《たもと》を分かつ、その代償《だいしょう》として『星黎殿《せいれいでん》』をベルペオルらに差し出し、もう片方の『天道宮《てんどうきゅう》』を己《おのれ》の隠居所《いんきょじょ》と定めた。

そうして『星黎殿《せいれいでん》』は[仮装舞踏会《バル・マスケ》]の本拠地《ほんきょち》となり、『天道宮《てんどうきゅう》』は後に、ヴィルヘルミナやアラストール、もう一人の〝王〟らによって、新たな『炎髪灼眼《えんぱつしゃくがん》の討《う》ち手《て》』を育て上げる巨大な揺り籠《かご》となった(今は海中に没している)。

先の言葉は、背中を預け合った戦友《せんゆう》とともに、その移動城砦を借り受けに行った際、聞かされたものである。実際、無事借《か》り受けた後、言葉通りに移動ルートから一定範囲《はんい》を迂回《うかい》して目的地に向かった。

それが今、
全く意味を違《たが》えた鍵《かぎ》として思い出されたのだった。

(しかし、もし伝えれば暴走は必至《ひっし》)

と分かるほどには、ヴィルヘルミナも少女と少年の絆《きずな》の強さについて認めている。認めたくは、なかったが。アラストールもその言葉を聞いていながら、未だ告げていないのは、同じ懸《け》念《ねん》を抱いているからに違いなかった。

（いかなる状況で、明かせばよいか）

その時期について、また改めて協議する必要がある、と彼女は考える。

とりあえず今は、ゆっくり閉まる襖《ふすま》を見つめる、それだけしかできなかった。

部屋に入ったシャナは、

「！」

自分の机の上に小包が一つ、置かれていることに気が付いた。嬉《うれ》しさに不安を混ぜて、それを声に出さないよう用心して、胸元へと許可を求める。

「アラストール」

「うむ」

短い返答を受け取ると、きちんとメイクされたベッド、その枕《まくら》の下へと、ペンダント〝コキュートス〟を押し込む。再び一緒に暮らすようになって以降、ヴィルヘルミナから教わった、自分宛《あて》の届け物を開く際の約束事だった。

「ゾフィーから……」

わざわざ彼女宛《あて》に手紙、あるいは小包を送ってくるのは、ほんの数度の例外を除けば、ゾフィー・サバリッシュと決まっていた。大抵《たいてい》は、シャナからの手紙を受け取った彼女からの返事という形である。

シャナにとって、この歴戦《れきせん》の勇者《ゆうしゃ》として知られる『肝っ玉母さん《ムッタークラージェ》』は師の一人だった。故郷《こきょう》たる移動城砦《じょうさい》『天道宮《てんどうきゅう》』を巣立った直後、彼女に付いて旅することで最低限の社会常識を学んだのである。

ほんの短い期間ではあったが、ただただ戦士としての機能に特化《とっか》して、少女としては無垢《むく》・無防備に過ぎた『炎髪灼眼《えんぱつしゃくがん》の討《う》ち手《て》』の体裁《ていさい》を、見られる程度に整えた、という点では非常に大きな影響《えいきょう》を与えたと言って良い。

別れて数年を経た今も、シャナはこの貫禄《かんろく》満点、穏《おだ》やかさと激しさを兼ね備え、どこか稚気《ちき》までも漂わせる修道女《しゅうどうじょ》が大好きだった。ゆえに、御崎《みさき》市でヴィルヘルミナと暮らし、外界宿《アウトロー》との連絡を行うようになると、ごく稀《まれ》に、ごく自然に、伝言の如《ごと》き短い手紙を彼女へと出すようになっている。

その遣《や》り取りがやや密になったのは、ゾフィーが一つ所に定住するようになってから……即《すなわ》ち、混乱した外界宿《アウトロー》の指導者として招かれて以降のこと。内容はそれまでと同じ、シャナの簡《かん》潔明瞭《けつめいりょう》な伝言、ゾフィーの細やかな返事、というものである。

しかし、今度のそれは、違っていた。

少なくとも、シャナの方は、違っていた。

「……」

椅子《いす》にかけたシャナは、引き出しから鋏《はさみ》を取り出して、荷を解く。

包み紙を開けると、芳醇《ほうじゅん》なクッキーの匂《にお》いが零《こぼ》れる。シャナが大の甘党《あまとう》と知っているゾフィーは、たまに気に入った菓子類《るい》を、こうしてシャナ宛に送ってくれていた。

常ならば、まずそちらを開けて、中の物を賞味《しょうみ》しながら手紙を読む、という（やや行儀《ぎょうぎ》の悪い）慣例《かんれい》に倣《なら》うところだが、今度の場合、そちらは二の次である。

クッキーの箱の上、手紙を取ると、素早く蠟《ろう》封を切った。

便箋《びんせん》を取り出してみると、やはりいつもの、季節ごとの挨拶《あいさつ》から始まる数枚より、幾分《いくぶん》か多い。流れるような筆致《ひっち》による英文（彼女は筆が走ってくると、すぐフランス語とラテン語を混入させるアバウトな書き手だが、いずれの素養《そよう》もあるシャナには特に問題がない）で、まずは一枚、以前より僅《わず》かに仕事がやりやすくなった、どうせなら他《ほか》二人共々《ともども》こっちを手伝って欲しい、という近況と冗談《じょうだん》が前置きとして綴《つづ》られている。それからやや多く、シャナによる組織の改革や取り纏《まと》めについてなされた献策《けんさく》への成果と評価が続く。

読みながら、自然と小さく頷《うなず》く。

「うん」

理論《りろん》通りに行くことと行かないこと、実現できたこととできなかったこと、ただ事実だけが理路整然《りろせいぜん》と書き記されている。その中、時折《ときおり》混じる註《ちゅう》は、ゾフィーに異能《いのう》の力を与える〝紅世《ぐぜ》の王〟、明哲《めいてつ》な知恵者《ちえ》たる〝払《ふつ》の雷剣《らいけん》〟タケミカヅチによる見解と分析《ぶんせき》である。

「うん」

シャナは、それも読み込み、受け取った。

そして、残りを余して便箋《びんせん》が白くなる。

別紙へと、わざわざ分けてある話題。

シャナにとっての本題である事柄《ことがら》。

今回の事件報告に対する、返事。

「……」

勿論《もちろん》、感情を交えて書いたりはしなかった。ただ、この街で一年近く起きた出来事から今度の事件へと、連なる事実を全て、自分の視点から綴った。それだけである。

しかしゾフィーなら、あの自分を諭《さと》してくれた女傑《じょけつ》なら、なにかしら察してくれるのではないか。そんな、甘えにも似た期待をシャナは抱いていた。それ自体、己《おのれ》の精神が衰弊《すいへい》していることの証左《しょうさ》であると分かっていて……否、分かっているからこそ。

その、相談として書かなかった相談への返事、最後の一枚に記されていたものは、

『自分を誤魔化《ごまか》すのはおしまい。貴女《あなた》と貴女を一つにする時が来たのですよ』

簡素《かんそ》極まりない二文のみ。

「誤魔化、す？」

別紙に書かれた、明らかに悩みへの答えとして書かれたと分かる、二文《にぶん》。

しかし、具体性がまるでない、判じ物のように漠然《ばくぜん》とした内容の、二文。

「私と……私？」

手紙を置いて考え込むが、答えどころか文の示すところすら理解できない。実質本位《ほんい》を旨《むね》とする彼女は、抽象《ちゅうしょう》的な思索《しさく》や観念《かんねん》論が苦手《にがて》だった。苦悩《くのう》の重さに耐えかねるように、机にもたれかかる。

（私は、私なのに）

見つめる先、掌《てのひら》を軽く翻《ひるがえ》した。袖先《そでさき》に『夜笠《よがさ》』が一瞬《いっしゅん》だけ表れて、すぐ消える。掌の上には、一つの小箱が残っていた。

千代紙《ちよがみ》を張った葛籠《かずらかご》——彼女の、秘密の小箱である。

自分自身のことで悩むとき、これを掌で遊ばせるのが、いつしか癖《くせ》になっていた。

（手紙って、分からないことばかり）

溜《た》め息を付いて、思う。

ここにも一つ、手紙が入っていた。今はもう、消えてしまった。

出した側にとってはその程度の、書いたことも忘れているような手紙だったのだろう。しかし、シャナは覚えていた。消えた後だからこそ、より鮮明《せんめい》に、忘れまいと。

ゾフィーの手紙も、その消えたものへの想いに、一つの回答を示したものなのか。

（分からない……でも）

例えゾフィーがここにいたとして、文面の意味を教えてはくれないだろう、と思える。悩みを察した上で、ただ二文《にぶん》のみを送ってきた。これはつまり、できるのはここまで、という彼女の意思表示《ひょうじ》なのである。『肝っ玉母さん《ムッタークラージェ》』は、無制限に優しいわけではなかった。

掌《てのひら》の上で小箱を転がしながら、

（誰かに、尋《たず》ねてみようか）

と思いかけて、すぐに断念《だんねん》する。

一番身近《みぢか》な相手としてはアラストールが挙げられたが、彼に人間としての在り様《さま》に関わる問いをぶつけるのは、筋違《すじちが》いであるような気がした。それに、父にして兄、師にして友である彼に、少女としての内心を赤裸々《せきらら》に明かすことも、正直恥《は》ずかしかった。

また、ヴィルヘルミナも、今度の件に関しては微妙《びみょう》な立場にある。失踪《しっそう》した少年によって、完全なるフレイムヘイズ『炎髪灼眼の討ち手《えんぱつしゃくがんのうて》』が変質《へんしつ》させられた事態に、育ての親の一人として激しい反発を抱いている。心情の整理を共にするには不適格甚《ふてきかくはなは》だしいだろう。

自分同様《どうよう》に落ち込んでいる吉田一美《よしだかずみ》、一般人であり『この世の本当のこと』を何も知らない坂井千草《さかいちぐさ》や緒方真竹《おがたまたけ》にも、話せない。

（相談……）

　ふとシャナは、緒方のことから連想《れんそう》した。

一人だけ、こういうことに向いていそうな人物がいる。

いる、が、その人物に相談を持ちかけることに躊躇《ちゅうちょ》を覚える。

自尊心《じそんしん》の面からも、少々《しょうしょう》以上に癪《しゃく》だった。

だった、が、今のところ他に適任者《てきにん》がいるようにも思えない。

しばらくの間、迷ってから、小箱を握り締める。

(そうするしか、ない)

　少女は観念するように決断した。


　吉田一美はこの二週間、心の平静を保つことに務めてきた。少年への強固な想いを頼りとする彼女にとって、その中核を抜かれるも同然の、彼の失踪という事態に面しても、なお。

　クリスマスの夜、シャナに空っぽとなった少年の部屋を見せられた。そこで、涙を流すこともできず、放心《ほうしん》した。そして翌日《よくじつ》、返ってきた自分の手紙を受け取り、矢も楯《たて》もたまらず坂井家《け》に走った。期待は砕け、坂井千草から『シャナちゃんのお友達』として迎えられた。

　彼が消えた、もう二度と戻らない――その無慈悲《むじひ》な現象《げんしょう》を他でもない、彼との間柄《あいだがら》への様々なアドバイスを貰《もら》った女性から突き付けられ、我を失いそうになった。

そんな、衝撃《しょうげき》に打ち拉《ひし》がれる彼女に、シャナは各々《おのおの》返された手紙の意味を、そこに秘められた微《かす》かな希望を示したのだった。彼女はそこでようやく泣き、シャナは泣かなかった。

それら、次々と襲《おそ》い掛かる波乱《はらん》を超えた彼女は、平静を取り戻した。

激しい振幅を繰り返す感情を、想いの力で強引に固定したかのような、平静を。

それは、年末、少年の失踪《しっそう》について協議する場に在ったときも、正月、家で呆然《ぼうぜん》としたまま過ごしたときも、今日、久々に登校して彼のいない教室を見たときも、崩れなかった。

しかし今、

ただなんとなく台所に入り、

ただなんとなく戸棚《とだな》を開け、

ただなんとなく取り出して、

(――)

そこでようやく、自分の手元に誤差《ごさ》があると気付いたとき、崩れた。

(――――――)

明日から通常授業《じゅぎょう》が始まる。

そのための弁当を用意する。

習慣《しゅうかん》にすらなっていた行為。

彼なき今、

（───っ!!）

弁当箱《ばこ》は二つも要《い》らない、と気付いたとき、崩れた。

唐突《とうとつ》に涙が零《こぼ》れ落ちそうになって、危うく後ろの椅子《いす》へと腰を落とす。

シャナから齎《もたら》されたか細い希望に摑《つか》まって、なんとか耐えようとした。

と、傍《かたわ》ら、カラーボックスに詰め込まれた、料理の本が目に入る。

元から好きだった料理が、彼のために作るという遣《や》り甲斐《がい》を得て、もっと好きになった。得意でなかった料理、作ったことのなかった料理、知らなかった料理にも、積極的に挑戦《ちょうせん》するようになり、結果、山ほどあった本に載っていた料理のほとんど全てを作ることになった。彼に説明するため、料理自体《じたい》についての勉強までした。

この場所で自分の誕生パーティを開いてもらい、自分は料理で持て成し、弟も加えた皆がそれぞれの形で返し、最後には揃《そろ》って写真も撮《と》った。彼は新郎《しんろう》、自分は新婦《しんぷ》として、写真に納まった。その写真は今、隣《となり》が空《あ》いた、新婦だけを囲んだ、不自然な光景を留めている。

彼のいた光景の中に在ることが、彼のいない現実を自覚させ、また反発するように、二度と戻って来ない日々、楽しかった思い出を、胸の内に呼び起こす。

──登校してきた彼に挨拶《あいさつ》して、宿題の相談をして、日直を手伝ったり、手伝ってもらったり、なんでもない話で皆と一緒に笑って、お弁当を美味《おい》しいと言ってもらって、メニューの説明もして、それをからかわれて照れたり、別の教室に移動するときに声をかけてもらって、放課後《ご》に焦るように話しかけて、雨の日は傘《かさ》を貸し借りし、寄り道もたくさんして、初めてのデートも、それからのデートも、彼を巡っての衝突《しょうとつ》も、辛《つら》い〝徒《ともがら》〟との戦いさえ——

逃避《とうひ》として過去へと傾いてゆく、心の流れが突然、

（——「消えてない」——）

強い、叫びではない叫びによって、断ち切られた。

（——「消えてない、絶対に」——）

手紙を受け取った後、坂井家《さかいけ》で出くわした、シャナの叫び。

（——「本当に消えたのなら、これが返ってくるわけがない」——）

ほんの微《かす》かな、辛《かろ》うじて理屈《りくつ》として通る、ギリギリの事実。

（——「そう。これが、ここに在り続ける限り、私は信じる」——）

シャナがぶつけてくれた、誓《ちか》いの言葉を、自分でも唱える。

（信じる）

今の彼女には、それだけしかできない。

しかし、そうすることで、それ以外のことができるシャナ、手がかりを摑《つか》めるかもしれないシャナ、彼を助け出せるかもしれないシャナ、彼女の心を僅《わず》かでも強くできる。その自覚と自信だけは、恋敵《こいがたき》として、友達として、確《しか》と抱いていた。

椅子《いす》から立ち上がることはまだできなかったが、ぐっ、と顔を上げる。

（私だって）

胸の中には、まだ想いが、恋する力が、熱く燃えていた。

その証《あかし》として、首には未だ、それが下がっている。

コイン大、縦横《たてよこ》長さの等しいギリシャ十字。

一人の〝紅世《ぐぜ》の王〟から託された、ペンダント『ヒラルダ』──今在《いま》る彼女にとって最大の代償《だいしょう》を要求される、彼女がシャナらを助ける力を唯一《ゆいいつ》振るうことのできる宝具《ほうぐ》だった。

（私は、これをずっと持ってる）

未練《みれん》としてではなく、思い出としてでもなく、彼の生存を信じる証として……そして、もし彼を救うために必要であれば使うことも辞《じ》さない覚悟《かくご》として、持つ。持ち続ける。

（お願いだから、生きていて）

吉田《よしだ》はペンダントを握り締め、そこから彼へと声が届くよう、祈った。

彼に向けて、今の彼女にできることの、それも一つ。

（それだけで、いいから）

祈りの持つ意味を、少女は知らない。

寒風《かんぷう》が大きく辺りを払う、真夜中《まよなか》の佐藤家《さとうけ》。

この広大な敷地の一角を占める冬枯《ふゆが》れの日本庭園《ていえん》を、封絶《ふうぜつ》が覆《おお》っている。

シャナが直向《ひたむき》に申し入れ、ヴィルヘルミナが粘り強く口添《くちぞ》えし、マージョリーが渋々《しぶしぶ》と受けた、フレイムヘイズらによる夜の鍛錬《たんれん》の場だった。この二週間ほど、少年がまだ御崎《みさき》市に在った頃の習慣《しゅうかん》を踏襲《とうしゅう》し、午前零時《れいじ》の少し前に行われている。

場所は出かけなくてもいい佐藤家の庭、封絶《ふうぜつ》はヴィルヘルミナが行う、という条件で、世に名高き自在師《じざいし》たる『弔詞の詠み手《ちょうしのよて》』マージョリー・ドーが直々《じきじき》に、『炎髪灼眼の討ち手《えんぱつしゃくがんのうて》』シャナへと、自在法《ほう》のコツを伝授《でんじゅ》しているのだった。

この場には、ゆえに三人にして六人たるフレイムヘイズらの姿があり、また明日、外界宿《アウトロー》へと旅立つ佐藤が、見学者として立ち会っている。彼はこの鍛錬が始まってからずっと、役に立つ立たないを度外視《どがいし》して、見学を続けていた。僅《わず》かでも『この世の本当のこと』に接する機会を逃す気はない、という意気込《いきご》みからの行為らしい。

これを、シャナやヴィルヘルミナは、鍛錬の邪魔《じゃま》にならないのなら、と黙認《もくにん》し、マージョリーとマルコシアスも、思うところは別として、口にはなにを出すでもなく放っていた。

その佐藤が、瓢箪《ひょうたん》型をした大きな池の端《はた》で、

「うおっ……！」

双眸《そうぼう》の底を焼いて現れる威容《いよう》に、思わず息を呑んだ。

池に架《か》かった石橋《いしばし》の中央では、シャナが左手を天に向け、差し出している。

「――ふぅ――」

その口から漏れるのは、静穏《せいおん》な吐息《といき》。

頭上、差し出した手からは、紅蓮《ぐれん》の火《ひ》の粉《こ》が逆巻《さかま》く風花《かざはな》のように舞い昇っていた。それら、疎《まば》らな光は、炎髪灼眼《えんぱつしゃくがん》を夜に煌《きらめ》かす少女の頭上で渦《うず》を巻く。水面に照り映える火の粉は、やがて流れを整えて、物体の輪郭《りんかく》を薄く現した。

それは、全長にして二十メートルはあろうかという、炎《ほのお》の腕。

佐藤《さとう》の隣《となり》、豪勢《ごうせい》な毛皮のコートに身を包むマージョリーが小さく頷《うなず》く。

「だいぶ形になってきたわね」

「ハッハー！　もう精神集中の溜《た》めも不要になったみてえだな、嬢《じょう》ちゃん」

その右脇に下がる神器《じんぎ》〝グリモア〟を揺すって、マルコシアスが歓声を上げた。

が、

「まだ駄目《だめ》」

シャナは一言で自らの為《な》し様《ざま》を斬《き》って捨てる。

「この大きさを維持《いじ》したまま、全力で振り回しても大丈夫なくらいの安定が欲しい」

瞬間《しゅんかん》、腰を沈め、手刀《しゅとう》を横に払った。

その動作をトレースして、渦巻く紅蓮の巨腕《きょわん》が、庭の地表《ちひょう》近くを奔《はし》る。その全体が、神速《しんそく》の動きに僅《わず》か遅れ、台風の下に在る大木のように微《かす》か撓《しな》った。

「ひぇっ⁉」

佐藤は、情《なさ》けない悲鳴を漏らしたこと、動きに反応すらできなかったこと、自分に影響《えいきょう》のない方向へと腕が振られていたことを、事後になってから気付かされ、思わず赤面《せきめん》した。

もっとも、彼女らに劣《おと》っている、という負の悔《く》やしさは、もう覚えていない。自分はまだ未熟《みじゅく》だ、という正の意味でのそれだけが、胸裏の内にあった。

（すげえ……）

気付けば、巨腕の過《よ》ぎった芝の先、枝の端《はし》、石の面は、色付く吹雪《ふぶき》のような紅蓮の火の粉で撫《な》で上げられたにもかかわらず、焦げ目一つ、残り火の欠片《かけら》すら残していない。

（あれだけの火の粉で炙《あぶ》られたってのに……たしか、見た目どおりの炎じゃなく、物体として握ったり、打撃力として叩《たた》いたりできる、具現化って奴《やつ》か）

しかし、使い手たる少女は、僅かな遅れ、微かな撓りが許せないらしい。

「誤差《ごさ》なく動かすには、この半分がせいぜい。十分な破壊力《はかい》を発揮《はっき》するには、もっと小さく収《しゅう》束《そく》しなきゃならない」

「それでいい、とは思わないわけだ」

佐藤は、その思考《しこう》を正確に推測《すいそく》していた。

軽い頷きで、強い覚悟《かくご》で、シャナは返す。

「うん、もっと強くならないと。なにがあっても対処《たいしょ》できるように」

　少年の感銘《かんめい》に少女は気付かず、再び腕を振り上げて輪郭《りんかく》を解いた。

　紅蓮《ぐれん》が、パッと花吹雪《はなふぶき》のように舞い散る。この、輪郭を火の粉《こ》だけで形作る方式は、鍛錬《たんれん》に全力を使う愚《ぐ》を避けるための、彼女一流《いちりゅう》の工夫《くふう》である。

　マージョリーが鍛錬の監督を引き受ける条件には、すぐ回復できる程度まで力を使ったらお開き、その判断はマージョリーが下す、という事項が入っている。常在戦場《じょうざいせんじょう》、臨戦《りんせん》態勢を解くわけには行かないフレイムヘイズにとって、無駄《むだ》な消耗《しょうもう》は御法度《ごはっと》なのだった。

　それでも、自在法《じざいほう》はどこまでも実地に感得《かんとく》する類《たぐい》の技能であるため、シャナも試行錯誤《しこうさくご》しないわけにはいかない。細かい技術習得《しゅうとく》の傍《かたわ》ら、火の粉で統御《とうぎょ》の実演を繰り返し、他の二人が適宜《てきぎ》、助言や実演で指導する、という現在の形式に落ちついたのは、そういう事情による。

　この今も、『弔詞《ちょうし》の詠《よ》み手《て》』は、

「しなるのは、大きさに感覚が付いてってない証拠《しょうこ》よ。大きな自分を明確に認識することで、その誤差《ごさ》は埋まるはず」

「ま、よーするに、じゃんじゃん使ってとっとと慣れろ、つーわけだ、ヒヒッ！」

　と、硬軟《こうなん》両方の声で督励《とくれい》していた。

　シャナはまた頷《うなず》き、さらにもう一度、振り上げた先に巨腕《きょわん》の輪郭を形成する。

　フレイムヘイズとして、未だ数年のキャリアしか持っていない彼女は、この数ヶ月の定住を

「……！」

機に、目減《めべ》りしない燃料タンクであった『零時迷子《れいじまいご》』の〝ミステス〟の少年を使って、自分の力の生かし方を探っていた。実戦で見せた紅蓮《ぐれん》の双翼《そうよく》や炎《ほのお》で形作った大太刀、今も鍛錬で試している炎の腕は、その数ヶ月の模索《もさく》が生んだ、大きな成果である。

そもそも、フレイムヘイズ『炎髪灼眼《えんぱつしやくがん》の討《う》ち手《て》』の持つ力は、審判《しんぱん》と断罪《だんざい》を司《つかさど》る『天罰神《てんぱつしん》』の権能《けんのう》そのもの……即《すなわ》ち、討ち滅《ほろ》ぼすための力そのものと、炎である。

それらは、ただ漫然と吐き出しても、他のフレイムヘイズらが破壊の意思として吐き出す炎弾等と同種のものにしか見えない。固有《こゆう》の力として威を振るうには、そこからさらに高度な、洗練《せんれん》された技能を身につけてゆくしかないのだった。

この場では専《もっぱ》ら封絶《ふうぜつ》を担当するヴィルヘルミナが、巨腕を見上げ、ふと漏らす。

「いっそ先んじて名称《めいしょう》を付け、明確な認識の助けとしてはどうでありましょう」

「愛着必至《あいちゃくひっし》」

例によって短く、ティアマトーがパートナーの説を補強した。

アラストールが、契約者に先んじて答える。

「ふむ……悪くない考えだが、名称自体も含め、決めるのは本人であるべきだ」

「名称？」

シャナはキョトンとなって、また炎の腕を散らした。

元来がハッタリやケレン味に乏しい、実直な性格である。現に、炎による大太刀を編み出した後も、それに気取った名称《めいしょう》を付けたりはしていない。まま『大太刀』呼ばわりである。

「急に、言われても」

彼女としては、拘《こだわ》りもない以上、強いて拒否するつもりもなかったが、かといって、積極的にこうしよう、という良案も浮かばない。

そこに、

「事象《じしょう》としては好例《こうれい》が」

ヴィルヘルミナが、静かに語り始める。

「先代『炎髪灼眼《えんぱつしやくがん》の討《う》ち手《て》』の力は、『騎士団《ナイツ》』という名称でありました。彼女にとって、強さの象徴《しょうちょう》的なイメージが、『自身を先頭に切り込む騎士の軍団《ぐんだん》』だったからであります」

自分の育てた『炎髪灼眼《えんぱつしやくがん》の討《う》ち手《て》』と顔を向き合わせて、真摯《しんし》に。

「彼女は、そのイメージを〝天壌《てんじょう》の劫火《ごうか》〟の炎《ほのお》で形作り、数百からの軍勢《ぐんぜい》を、装備《そうび》も大きさも自在《じざい》に具現化した……しかして今、貴女《あなた》が鍛錬《たんれん》によって見出したそれは、恐らく——」

「自分自身」

最後、ティアマトーの言葉で、

「!!」

シャナは何かを掴《つか》んだ気がした。

(自分、自身)

刹那《せつな》の感得《かんとく》を逃すまいと、一振《ひとふ》り、鋭く、拳《こぶし》で天を衝《つ》く。

「――っはあ!!」

炎髪灼眼《えんぱつしゃくがん》の躍動《やくどう》を受け、火《ひ》の粉《こ》の密度はそのままに、描かれる輪郭《りんかく》はより鮮明《せんめい》に、紅蓮《ぐれん》の巨腕《きょわん》が形成されていた。振り上げた動作と輪郭には、微塵《みじん》の誤差《ごさ》も撓《たわ》みもない。

「できた」

それはまさに、彼女自身のような、力強い屹立《きつりつ》だった。

名称については追って考える、と決定した時点で、その夜の鍛錬《たんれん》はお開きとなった。

夜空へと薄れゆくように封絶《ふうぜつ》が解かれると、

「ふぁ～あ、また明日……」

「良い夢を、お二方《ふたかた》!」

「んじゃ。皆によろしく言っといてくれ」

それぞれ軽い挨拶《あいさつ》を残し、『弔詞《ちょうし》の詠《よ》み手《て》』と佐藤《さとう》は屋敷《やしき》へと足を向けた。

ヴィルヘルミナも常の如《ごと》く、シャナを促《うなが》して辞去《じきょ》しようとする。御崎市《みさきし》に異変《いへん》が起きていないか、二人で巡回《じゅんかい》し確認するのが、しばらくの慣例《かんれい》なのである。

「では我々も」

「定時巡回《ていじじゅんかい》」

が、いつもなら、なんの余韻《よいん》もなく淡白《たんぱく》に立ち去るはずの少女が、それを拒《こば》んだ。踏み出すことへの躊躇《ちゅうちょ》も一瞬《いっしゅん》、目当ての女性を呼び止める。

「待って」

「へっ？」「はぁ？」

マージョリーとマルコシアスは、呼び止められているのが自分らと知って、素《す》っ頓狂《とんきょう》な声を上げた。

二人の反応も無理はない。腐《くさ》れ縁《えん》として同じ街に在ること数ヶ月、互いに戦いを介《かい》した付き合いこそ持っているが、個人間《かんかん》での話をすることは、ほぼ皆無《かいむ》に近かった間柄《あいだがら》である。だいたいが、使命《しめい》第一と定める生真面目《きまじめ》な少女と、感情感覚《かんかく》に任せる気儘《きまま》な女性、馬も合わない。その少女が、この女性を呼び止めている。

佐藤《さとう》も、ついでとして振り返った。

「どしたんだよ、シャナちゃん」

「如何《いかが》なされたのでありますか」

「所用不審《しょようふしん》」

ヴィルヘルミナとティアマトーも、今までにない出来事を不思議《ふしぎ》がって尋《たず》ねる。

「……」

シャナは答えない。黒い双眸《そうぼう》でマージョリーを見つめ、

「な、なによ」

次いで、佐藤とヴィルヘルミナへと、目線《めせん》を巡らせた。

「なんだよ？」

「追加の発問《はつもん》でも？」

少し驚く二人に、また一瞬だけ躊躇して、言う。

「……『弔詞《ちょうし》の詠《よ》み手《て》』と、二人だけで話がしたい」

ますます驚く三人、特に、

「い、一体、彼女個人に何用が――」

うろたえる元《もと》養育係の女性には言わせず、

「いいから、ヴィルヘルミナは巡回に出て！」

語気《ごき》荒く叫んだ少女は、そのお尻を強く押して追い出しにかかった。そんな、子供のような仕草《しぐさ》の傍《かたわ》ら、佐藤のこともグッと睨《にら》む。

「マ、マージョリーさん？」

気圧《けお》された佐藤は、窺《うかが》うようにマージョリーを見た。

どういうわけか指名を受けた女性は、その態度で薄々勘付《うすうすかんづ》くものがある。そういう役割を負うことが、この街に来て多くなっていたせいかもしれなかった。

「ま、いーでしょ。果たし合いでもなさそうだし」

相棒《あいぼう》の声色《こわいろ》で、同様の事柄《ことがら》を察したマルコシアスが尋《たず》ねる。

「んーで、俺はいてもいいのかい、嬢《じょう》ちゃんよ？」

「できれば、遠慮《えんりょ》して欲しい」

とシャナは遠慮なく言った。

その胸元から、已《おのれ》も退去を迫られると察したアラストールが、ようやく一言だけ。

「、、、、今日の手紙か」

図星《ずぼし》を突かれて、

「うん。大事なこと」

しかしシャナは慌てず、肯定した。

ヴィルヘルミナだけが、おろおろと不安げに少女の様子《ようす》を見ている。

2　始めることを

発展著《いちじる》しい中国は上海《シャンハイ》市。

長江《ちょうこう》の河口《かこう》近く、北へと突き上げるように合流する黄浦江の西岸に、繁華《はんか》な一角がある。

列強《れっきょう》諸国の租界《そかい》を前身とした河岸《かがん》の街、通称《つうしょう》『外灘《バンド》』である。

近年、本来担《にな》っていた都心としての機能を、東岸《とうがん》の浦東新区に移し、十九世紀末《すえ》から二十世紀初頭《しょとう》の西洋《せいよう》建築を並べる旧態《きゅうたい》を意図的に残した観光エリアへと、変貌《へんぼう》しつつある地区。

その、時代様式《ようしき》を雑多《ざった》に織り交ぜるモダンな街並みが、燃えていた。

のみならず一面、砕けて倒れ、壊れて朽《く》ちる、惨状《さんじょう》が広がっていた。

でありながら、巻き込まれている人々は、ただ固まり、立ち止まっている。

それは、地を走る薄香色《うすこういろ》の火線《かせん》で、広く対岸まで含めた都心に描かれる奇怪《きかい》な紋章《もんしょう》、天も同様、大きく夜空を隠《かく》す陽炎《かげろう》のドーム、これらの光景によって説明付けられる。内に捕らえた〝紅世《ぐぜ》〟に関わる者以外を全て静止させる、因果《いんが》孤立《こりつ》空間・封絶《ふうぜつ》だった。

各所の惨状には、しかし火災と倒壊《とうかい》以外に、動きは見られない。

その無惨《むざん》さは、既《すで》に酣《たけなわ》を過ぎ、終息《しゅうそく》を迎えた傷痕《きずあと》のものだった。

ただ、炎《ほのお》を抜け、瓦礫《がれき》を踏んで進む影が、幾《いく》つか。

煤煙《ばいえん》に隠《かく》れ陽炎《かげろう》に霞《かす》む空を遊弋《ゆうよく》する影が、幾つか。

そして、整然と居並び、一つ区画を包囲《ほうい》する影が、幾千《いくせん》。

対象物《たいしょうぶつ》は、通りから隠れるように細く、奥に向かって長い、アール・デコの高層《こうそう》建築。

北京《ペキン》や香港《ホンコン》と並ぶ、中国沿岸部《えんがんぶ》におけるフレイムヘイズの一大拠点《きょてん》。

上海《シャンハイ》外界宿《アウトロー》総本部である。


百年近くの歳月《さいげつ》を経て、居住まいに風格《ふうかく》を漂わせる石壁《いしかべ》の奥深く。

地階へと伸びる頑丈な鉄製の階段から老人が一人、足を重く引き摺《ず》るように昇ってきた。身に纏《まと》った、一目で上質と分かるスーツの胸ポケットから、古めかしい紋様《もんよう》を輝かす札が覗《のぞ》いている。これは、彼が封絶の中では本来動けない、人間であることの証《あかし》だった。

彼の出た先は、一階の大広間《おお》。玄関《げんかん》側にあるイタリアンレストランから、新旧《しんきゅう》三種のセキュリティを潜《くぐ》らないと入ることのできない、極秘《ごくひ》の一室だった。中《ちゅう》二階の回廊《かいろう》まで設《しつら》えた絢爛《けんらん》豪華《ごうか》な宮殿様式《きゅうでんようしき》は、かつてここを根拠地《こんきょち》に使っていた洪幇《ホンパン》(秘密結社《けつしゃ》)筋《すじ》の名残《なごり》である。

その大広間の中央に、腕組みした女性が、背を向けて待っていた。

大柄《おおがら》でこそないものの、力感《りきかん》に溢《あふ》れた細い体の線が、ピッタリ合ったスーツ越しに十分見て取れる。ジャケットの腰を絞《しぼ》るように巻かれた紅梅《こうばい》色の帯《おび》と、そこに絡《から》めた華美《かび》な拵《こしら》えの直剣《ちょっけん》が、地下からの風に僅《わず》か揺れて、女性が絵画中の存在でないことを辛《かろ》うじて示していた。

女性は振り向かず、大広間の正面——敵の攻め口たる玄関の方角——を睨《にら》みつけたまま、訊《き》く。快く高く、通る声で。

「地下は、塞《ふさ》げたか？」

お前だけか、とは訊《き》かない。戦いの経緯《けいい》は概《おおむ》ね、気配《けはい》で察している。地下から上ってきた老人が、最後の生き残りであることは分かっていた。

老人は、ゆっくりと歩み寄りながら答える。

「はい、范勲《はんくん》様が最後の力で岩盤《がんばん》ごと崩されてからは、敵も沈黙《ちんもく》しました。大勢が決した今、犠牲覚悟《ぎせいかくご》の再《さい》突入もないでしょう。皆さん、あの状況からよく押し戻されました……そうそう、侵入経路《しんにゅうけいろ》は、やはり地下変電駅《へんでんえき》（変電所）から延びる整備《せいび》通路でした」

「そうか。坑《こう》が攻城《こうじょう》の常道《じょうどう》であることを失念《しつねん》した、また〝徒《ともがら》〟がそのような手管《てくだ》を使うと見《み》抜《ぬ》けなかった、我が身の不覚《ふかく》か。内外呼応《こおう》しての急襲《きゅうしゅう》とはいえ、最後の一《ひと》勝負と賭《か》けた籠城《ろうじょう》を、こうも容易《たやす》く破られるとはな。しかも、長く本拠としていた総本部で……なんとも不甲斐《ふがい》ないことだ」

女性は苦々《にがにが》しく、この大きな戦いにおける全ての兵権《へいけん》を預かった討《う》ち手として、痛恨《つうこん》の呟《つぶや》きを漏らした。

上海《シャンハイ》市街を舞台としたフレイムヘイズと〝紅世の徒《ぐぜともがら》〟の一大会戦《かいせん》は、両勢ほぼ同等の数で始まったのだから、本拠地《ほんきよち》で守る討《う》ち手の側に有利、長駆《ちようく》攻め込んで来た〝徒《ともがら》〟の側に不利、と見るのが妥当《だとう》、以上に常識でさえあったろう。討ち手の側は準備万端《ばんたん》、待ち構えて迎撃《げいげき》したのだから、なおさら。

しかし結果は、この通り。

開戦とともに上海へと雪崩《なだ》れ込んだ〝徒《ともがら》〟らの、間断《かんだん》ない攻撃と練達《れんたつ》の部隊運動、旺盛《おうせい》な戦意《い》に巧妙《こうみよう》な策を以《もつ》て、討ち手らは一晩すら持たず、揉《も》み潰《つぶ》されていた。

起死回生《きしかいせい》を図った総《そう》本部における籠城《ろうじよう》も、地下からの奇襲《きしゆう》を受けて総崩《そうくず》れとなり、最早《もはや》その企図《きと》は果たせない。狭まる包囲網《ほういもう》への突破を敢行《かんこう》した残存《ざんぞん》の討ち手らも、騒乱《そうらん》の内に気配《けはい》を断ち、地階への反攻《はんこう》も当面の侵入《しんにゆう》こそ食い止めたものの、生き残りは人間の老人一人《ひとり》だけ。

なんとも見事な負けっぷり、まさに完敗だった。

老人は、声だけではなく姿にも表して謝罪《しやざい》する。

「いえ、知らねば備えも不可能……地下施設《しせつ》の新規拡張《かくちよう》工事を行う際、やはり討ち手の方々にも立ち会って頂くべきでした。私ども『傀輪会《かいりんかい》』の落ち度にございます」

「なに、我らもこの百年、『傀輪会《かいりんかい》』の大老方《たいろうがた》に限らず、人間の構成員に世事《せじ》の雑務《ざつむ》を押し付けてきたのだ。今という時になってそれを責めるは、虫が良すぎると言うものであろうよ」

言った女性の腰、帯《おび》に巻かれた剣から、

「項辛《こうしん》、些事《さじ》はよい。そちに与えた命令の方は如何《いかが》した」

古風《こふう》な言い回しによる男性の声が発せられた。この問いをなすためにこそ、彼女らは出撃《しゅつげき》せず、ここで階段のある大広間《おおひろま》を守っていたのである。

項辛《こうしん》と呼ばれた老人は、歩く身を僅《わず》かに屈《かが》め、復命《ふくめい》する。

「ご安心を、帝鴻《ていこう》様。封絶《ふうぜつ》の範囲《はんい》が大きかった分、構成の完了まで幾《いく》らかの猶予《ゆうよ》があったのでしょう。気付いた者により、秘匿《ひとく》区画《かく》の爆破《ばくは》スイッチは、起動《きどう》した状態で静止しておりました。封絶《ふうぜつ》の解けた数秒後《ご》、なにもかもが花の如《ごと》く散り果てます」

はっは、と女性が小気味《こきみ》良く笑った。

「これまでの襲撃《しゅうげき》事件で情報機器《きき》が奪取《だっしゅ》された形跡《けいせき》はないが、だからといって馬鹿《ばか》正直に残してやる義理《ぎり》もないからな。せいぜい、できる限りの嫌がらせをしてやるのがいいさ」

項辛《こうしん》は、ようやく女性の隣《となり》に並ぶと、その横顔を見つめて、笑う。

「はい。しかし……」

「？」

「まさか、、、、自爆装置などという馬鹿げた仕掛けを、本当に使う時が来るなどとは、思いもしませんでしたな」

「ああ、まったくだ」

女性も、また笑った。

出会った頃と何一つ変わらない、戦うには美しすぎる玲瓏《れいろう》の笑顔を、項辛《こうしん》は眩《まぶ》しげに見つめる。見つめて、自分がその彼女を今の苦境《くきょう》に置いてしまったことを悔《く》やむ。

「申し訳ありません。帝鴻《ていこう》様、虞軒《ぐけん》様」

言われたフレイムヘイズ・虞軒《ぐけん》は、その姿勢や視線に微塵《みじん》の揺るぎも見せない。ただ、軽く問う。

「ん?」

「一旦《いったん》、上海《シャンハイ》都心から離れ、大動員《だいどういん》のかかる日まで予備の分室で潜伏《せんぷく》されたし、というサバリッシュ女史《じょし》の訓令《くんれい》を容《い》れず、それどころか周囲の戦力を結集して敵勢《てきぜい》を迎え撃《う》つ、との決定を下したのは、我ら『傀輪会《かいりんかい》』……」

懺悔《ざんげ》を聞く虞軒《ぐけん》は、やはり揺るがない。

中国から東南アジアにかけての外界宿《アウトロー》は他《た》地域の、例えば異能《いのう》者・フレイムヘイズを指導者に据《す》えた幕僚《ばくりょう》団『クーベリックのオーケストラ』等とは性質の異なる、人間のみで構成された結社『傀輪会《かいりんかい》』を戴《いただ》く体制を伝統的に取ってきた。

もちろん、フレイムヘイズの情報交換《こうかん》と支援を目的とする以上、共同運営の形を取っていたが、討《う》ち手らは成り立ちの上から基本的に放浪《ほうろう》者であり、組織に定着する者は少ない。ドレルのような異才《いさい》を得なかったこともあり、この地域では、地生えの人間（最高幹部は『大老《たいろう》』と呼ばれた）が、組織の活動方針を定める傾向が強かった。

この体制は、平時であれば、特段《とくだん》の不備もなく動いていたはずだった。しかし昨今《さっこん》の、常人《じょうじん》には見えない動乱《どうらん》――外界宿《アウトロー》主導部消滅《しゅどうぶしょうめつ》、および重要拠点《きょてん》の失陥《しっかん》――の情勢下《か》、彼らは結果的に、足並みを乱す大きな一派《いっぱ》となってしまっていた。

無論《むろん》、『傀輪会《かいりんかい》』の側にも言い分はある。

世情《せじょう》に疎《うと》い、あるいは無視する者の少なくないフレイムヘイズの中、例外的にその感性を備えていた『愁夢《しゅうむ》の吹《ふ》き手《て》』ドレル・クーベリックが不意の襲撃《しゅうげき》を受けて死ぬと、世界の外界宿《アウトロー》を主導する欧州《おうしゅう》は、その内部で討ち手と人間による主導権争《あらそ》いを始めた。

この必定の流れとして、情報や連絡には齟齬《そご》や停滞《ていたい》という実務上の問題が発生、悪化の一途を辿《たど》り、幣害の被害者たる東アジア側は、欧州の権力闘争《とうそう》に巻き込まれることへの警戒《けいかい》を強めていった。事実、人間と討ち手の双方から『傀輪会《かいりんかい》』やその下で働く者らに協力を求める大小清濁《せいだく》、上手《じょうず》下手《へた》な根回しと工作が持ちかけられる事件も呆《あき》れるほどに多く起きている。

為すべき職務に支障《ししょう》を来《きた》すこと甚《はなは》だしい、これら本末転倒《ほんまつてんとう》の様を目にした彼らの間で、欧州への不信の念が極度に高まったのは、全く当たり前のことだった。

ほどなく、互いに嚙《か》み合うことの愚《ぐ》を自覚した欧州主導部は、大戦《たいせん》の英雄『震威《しんい》の結《ゆ》い手《て》』

ゾフィー・サバリッシュの招聘《しょうへい》で、混乱の収拾《しゅうしゅう》を図る。が、その選択は結果的に事態を紛糾《ふんきゅう》させ、さらには一つの破綻《はたん》へと導くこととなる。皮肉《ひにく》にも、とは言えない。それまでの愚行《ぐこう》が齎《もたら》した、むしろ順当な破綻だったからである。

ある日、ゾフィーを頂点とした討《う》ち手らによる新たな臨戦《りんせん》態勢を構築する、という布達《ふたつ》が欧《おう》州《しゅう》から全世界に向けて発せられた。各外界宿《アウトロー》の協力と討ち手らの助力を求める旨《むね》、強く込められた一文である。事変《じへん》の発端《ほったん》となった主要外界宿《アウトロー》襲撃《しゅうげき》に対処《たいしょ》するための、建前《たてまえ》としては非《ひ》の打ち所のない、真《ま》っ当《とう》な要求だった。

しかし『傀輪会《かいりんかい》』は先の事情から、これを馬鹿《ばか》正直に受け取ることができなかった。どころか、中枢《ちゅうすう》の指導力強化《きょうか》を、根回しの延長線上《じょう》にあるおためごかし、自分たちの伝統的な組織体制に対する不当な介入《かいにゅう》、影響力《えいきょうりょく》拡大を目論《もくろ》む欧州の謀略《ぼうりゃく》とすら受け取っていた。

この地に所属する、あるいは度々《たびたび》立ち寄る討ち手らの中からは無論《むろん》、非常時《じ》ゆえ積極的に協調すべし、欧州には懸《け》念《ねん》される野《や》心《しん》などない、という異論《いろん》も出たが、『傀輪会《かいりんかい》』の大老《たいろう》らはこれに、欧州の布達を別の形で受容《じゅよう》し、実現させるという行為で応えた。

即《すなわ》ち、彼らの担当する東アジア管区《かんく》で独自に、謎《なぞ》の襲撃者への網《あみ》を張り、誘い込んだこれを一気に殲滅《せんめつ》する——独断《どくだん》による作戦行動である。

敵勢《てきぜい》を誘い出す囮《おとり》、釣《つ》り上げる餌《えさ》には、討ち手らの集結《しゅうけつ》と収容《しゅうよう》を容易にする重要拠点《きょてん》、北《ペ》京《キン》、上海《シャンハイ》、香港《ホンコン》の三箇所が選ばれた。

そうして広大な中国へと索敵《さくてき》の網は張り巡らされ、ほとんど芸術的と言って良い、絶妙《ぜつみょう》な誘《ゆう》導《どう》と軍勢《ぐんぜい》の集結《しゅうけつ》が同時に図られた。各地で小《しょう》規模な遭遇戦《そうぐうせん》を行い、擬《ぎ》態《たい》の敗走や勝利による進路の封鎖《ふうさ》で敵《てき》本隊の位置を絞《しぼ》り込み、その予想された行動線《せん》の先・上海に、管《かん》区内で立ち働くフレイムヘイズのほぼ総員、持てる全《ぜん》戦力を揃《そろ》え、これを迎え撃《う》ったのである。

彼ら、東アジアの外界宿《アウトロー》を統《す》べる『傀輪会《かいりんかい》』、軍勢の指揮《しき》を執《と》り、また受けて働くフレイムヘイズらの優秀さは、この数《すう》世紀を超えた大《だい》規模な作戦行動が、現代文明《ぶんめい》の助けを借りたとはいえ、一糸《いっし》乱れぬものであったことからも明らかだった。

ただし、誤算《ごさん》が二つあった。

一つは、集結して叩《たた》く、という彼らの意図こそが敵の狙《ねら》いだったこと。

二つは、その肝心《かんじん》の上海一帯《いったい》を舞台とした決戦で、完敗を喫《きっ》したこと。

欧州の与《あずか》り知らぬ間に、東アジアにあった屈強《くっきょう》の討ち手らは、ほぼ一掃《いっそう》された。

遠くか近くか、建物の崩れる断続《だんぞく》的な地響《じひび》きが、広間を細かく鈍く震わせた。

滅《ほろ》びの実感を覚える中、項辛《こうしん》は懺悔《ざんげ》を続ける。

「欧州への不信があったとはいえ、主導権が討ち手の側に握られることへの反発や、我らだけで戦果《せんか》を挙げることによる挽回《ばんかい》の野心がなかったとは申せません。『傀輪会《かいりんかい》』の決定に、虞軒《ぐけん》様や季重《きちょう》様らが決して否とは言われぬことへの甘えも――」

「よい」

剣に帯《おび》を靡《なび》かせて、帝鴻《ていこう》が声を遮《さえぎ》る。

「我らの代わりに弁解《べんかい》などしてくれるな、項辛《こうしん》。面映《おもはゆ》いわ」

「そうとも。知略《ちりゃく》の粋《すい》を尽くし、油断《ゆだん》を敵に突かれ、敗れた。それでよいではないか」

虞軒《ぐけん》は、命の際《きわ》だからこそ凛《りん》と言い放つ。

そんな彼女だからこそ憧《あこが》れたのだ、と想いを改めた老人は、力を抜いて笑った。

「そう、ですね。せめて、疎《うと》ましがられるのを押して、他の大老《たいろう》を、戦前にこの上海《シャンハイ》総本部から退去《たいきょ》させておけたことだけでも、喜ぶとしましょうか」

「本当は、お前にこそ退去して欲しかったのだがな」

やはり前を向いたままの虞軒《ぐけん》は、声に微量《びりょう》の異物《いぶつ》を混ぜる。

それを今度は、項辛《こうしん》が笑い飛ばす。

「あなたの隣《となり》を、他の者には渡せませんよ。本部には討《う》ち手の方には分からない仕掛けもありますし……なにより、あなたがいるから、私がいる。それでよいではありませんか」

「こ奴《やつ》」

帝鴻《ていこう》が言い、虞軒《ぐけん》もようやく顔を俯《うつむ》けて笑う。

「紅顔《こうがん》の少年であった頃よりの悪癖《あくへき》……減らず口は結局、治らなかったな」

「美少年、と言って欲しいものですな、最後くらいは」

言われた通りの減らず口で、項辛《こうしん》は返した。

笑った末に、虞軒《ぐけん》は再び前を向く。

「そろそろ、敵本陣《てきほんじん》にも地下の戦況《せんきょう》が伝わっただろう。私は行く」

その顔には、決死の力と気迫《きはく》が宿っていた。

「どうぞ、存分《ぞんぶん》のお働きを」

項辛《こうしん》は発した言葉と裏腹《うらはら》に、虞軒《ぐけん》の前に立ち塞《ふさ》がった。

老人は半世紀《はんせいき》以上前《まえ》の、彼女との出会いを思い出していた。

無知《むち》で無謀《むぼう》な若造《わかぞう》だった項《こう》少年は、貧民街《ひんみんがい》をうろつくのに似つかわしくない彼女の盛装《せいそう》、なにより恐れを知らぬ強者《つわもの》としての――まさに今の――顔に、安っぽい反発と僻《ひが》みを抱き、それを暴力で解消《かいしょう》せんと、道を遮《さえぎ》ったのである。

結果は無論《むろん》のこと……たった一撃《いちげき》、顔の真《ま》ん中《なか》に拳《こぶし》を喰らって吹っ飛んでいた。

あのときの、灼熱《しゃくねつ》と鉄の臭《にお》いが広がる感覚を、今でも鮮明《せんめい》に思い出せる。

同じ行為を、今度は命を奪われる程《ほど》に貰《もら》おうと、両の目を閉じた。

長い付き合いである、これだけの仕草《しぐさ》で通じるはずだった。

攻囲《こうい》を突破して逃げるのは論外《ろんがい》（敵の侵入《しんにゅう》に使われた、変電駅《へんでんえき》に通じる整備《せいび》通路こそが、秘密の退《の》き口として機能するはずだった）。このまま残っていても、戦いで崩れる建物の下敷《したじ》きになるか、〝徒《ともがら》〟に喰われるだけ。となると、採るべき道は、ただ一つ。

が、

「!?」

覚悟《かくご》したものと正反対《せい》の柔らかな感触《かんしょく》が、唇《くちびる》に来た。

驚きに目を開いた彼の視界《しかい》いっぱいに、虞軒《ぐけん》の微笑がある。

鮮烈《せんれつ》な感激に呆然《ぼうぜん》となった首が一閃《いっせん》、抜かれた剣によって飛んだ。

「馬鹿、何という顔で死ぬんだ」

転がった首、自分を愛してくれた男への、それが虞軒《ぐけん》からの別れの言葉だった。


「出たぞー!!」

叫んだ蜘蛛《くも》が両断《りょうだん》された。

散った火《ひ》の粉《こ》を突き破り、虞軒《ぐけん》は上海外界宿《シャンハイアウトロー》、アール・デコ様式《ようしき》の風格《ふうかく》漂う外壁《がいへき》を、真上《まうえ》に向かって駆け上がる。

その前方を塞《ふさ》いだ蝙蝠《こうもり》男、西洋甲冑《かっちゅう》、三《み》つ首髑髏《くびどくろ》、

「単騎《たんき》だ、討《う》ち取れ!」

「逃すなあ!」

「大将首《たいしょう》だぞ!!」

いずれも叫んだ次の瞬間《しゅんかん》、一、二、三と神速《しんそく》の太刀捌《たちさば》きを受けて、細《こま》切れとなっていた。

虞軒《ぐけん》は切り抜ける間に、外灘《バンド》に立ち並ぶビルの階下に谷間に屋上に、様々の味方ならぬ影が蠢《うごめ》き満ちている光景を目に過《よ》ぎらせる。

(現代という時節《じせつ》に、よくもこれだけの兵を掻《か》き集めたものだ)

さらに正面、壁を砕いて現れた、金槌《かなづち》を頭にした鉄塊《てっかい》のような怪物《かいぶつ》を、半秒構《かま》えて溜《た》めを作り、胴《どう》から横一文字《よこいちもんじ》に切り裂く。落ちる巨体を掻い潜《くぐ》った先は、煤煙《ばいえん》交える陽炎《かげろう》の空と、外界《アウト》宿《ロー》の者たちが戯《たわむ》れに作っていた、小さな屋上庭園《ていえん》。

(しかも、よりにもよって、こ奴《やつ》ら――)

一飛《ひとっと》びして庭園の端《はし》、置石《おきいし》の上に降り立った彼女は、

「!」

小さな楼閣《ろうかく》の欄干《らんかん》から突き出された、両足と槍《やり》の石突《いしづき》を見つけた。

戦いの最中《さなか》、誰かが楼閣で、だらしなく足を投げ出して寝転《ねころ》んでいる。

異常に巨大な気配《けはい》を感じるまでもなく、虞軒《ぐけん》はこの誰かを、よく知っていた。心中《しんちゅう》、呟《つぶや》いていた言葉の続きが、声として漏れる。

「――[仮装舞踏会《バル・マスケ》]、とはな」

それこそ、世界各地の外界宿主要拠点《アウトロー》《きょてん》を襲撃《しゅうげき》していた者の、全く意外《いがい》な正体。

呼ばれたように、足が大きく振り上げられ、ズン、と敷石《しきいし》の床を重く叩《たた》いた。

槍《やり》を取り上げ、立ち上がった男が、ゆっくりと歩き出す。

「まったく、物見《ものみ》が真《ま》っ先《さき》に飛び掛かってどうする」

眼前に降り立ったフレイムヘイズにではなく、一軍を率《ひき》いる将として、配下《はいか》の〝徒《ともがら》〟へと投げかけた言葉だった。楼閣《ろうかく》の出口、低い石段を踏んで、その姿を現す男。

目許《めもと》を隠《かく》すサングラス、オールバックにしたプラチナブロンドという面相《めんそう》。ダークスーツを纏《まと》った長身に携《たずさ》え、肩《かた》慣らしのようにグルリと振るった得物《えもの》は、身長を二回りほども超える鈍《にび》色《いろ》の剛槍《ごうそう》。咥《くわ》えていた煙草《たばこ》が、濁《にご》った紫《むらさき》の炎《ほのお》に包まれ、灰となる。

後ろに続く黒衣《こくい》と白衣《はくい》の男女が、

「は、全く心苦しいばかりにて。厳《きび》しく申し付けてはいるのですが」

「ここは、来《きた》る戦勝《せんしょう》に、一兵《いっぺい》までも士気《しき》の昂《たか》ぶっている証《あかし》と受け取って頂ければ……」

重く謹直《きんちょく》に、軽く笑って、それぞれ答えた。

虞軒《ぐけん》は後の二人には気を払わず、ただ敵将《てきしょう》に切《き》っ先《さき》を向ける。

まず直剣《ちょっけん》が、

「久しいな、蚩尤《しゅう》……いやさ〝千変《せんぺん》〟シュドナイよ。並み居る猛《たけ》き討《う》ち手らを、古《いにしえ》にはない起《き》伏間隙《ふくかんげき》の戦場を、よくぞ討ち平らげた」

続いて持ち主が、

「一世紀余《よ》の一人働《ばたら》き程度では、差配《さはい》の腕も錆《さ》びぬということか」

朗々《ろうろう》と戦勝した将軍を讃《たた》えた。

その男・シュドナイは困った風《ふう》に笑う。

「ふ、未だその名を呼んでくれる旧知《きゅうち》を失うのは辛《つら》いな、〝奉《ほう》の錦旆《きんぱい》〟帝鴻《ていこう》、『剣花《けんか》の薙《な》ぎ手《て》』虞軒《ぐけん》」

笑って、剛槍《ごうそう》を一回し、ドシッ、と脇に掻《か》い込んだ。無造作《むぞうさ》な一つ姿勢が、見る者を身震《みぶる》いさせるような強力《ごうりき》を宿している。ついでとして、

「オロバス、レライエ。俺の客だ、手を出すなよ」

付き従う黒白の男女に言い捨てた。

二人、恭《うやうや》しく一礼して、その姿勢のまま数歩《すうほ》下がる。

「はっ」

「承知《しょうち》いたしておりますとも」

戦勝した将軍と、敗残《はいざん》の強者《つわもの》との一騎《いっき》打ち。

この、必然性のない、どころか万《まん》が一《いち》の危機すら孕《はら》む行為を、止めようともしない。ビルの周囲に蠢《うごめ》く〝徒《ともがら》〟の軍勢《ぐんぜい》も、屋上に侵入《しんにゅう》するどころか、囁《ささや》き一つ漏らさない。ただ、じっと見守っている。彼らは、彼らの将軍の強さに、全幅《ぜんぷく》の信頼を置いているのだった。

虞軒《ぐけん》は、自分が舐《な》められたとは思わない。そうするだけの、そう思われるだけの実力を、こ

の［仮装舞踏会《バル・マスケ》］を統《す》べる三柱臣《トリニティ》の将軍〝千変《せんぺん》〟シュドナイは持っているのである。

しかし、東洋屈指《くっし》の使い手と謳《うた》われたフレイムヘイズ『剣花《けんか》の薙《な》ぎ手《て》』は、

「ゆくか帝鴻《ていこう》」

「応《おう》」

この自信と信頼にこそ付け込み、せめての一矢《いっし》を報いんと、全力の勝負を挑《いど》む。

腰に巻かれていた帯《おび》が、ゆっくりと靡《なび》く端《はし》から、紅梅《こうばい》色の火《ひ》の粉《こ》となって解《ほど》けてゆく。鞘《さや》も同様に、やがては服、体までも。そうして、下辺《かへん》を花弁《かべん》の散るように減耗《げんもう》しつつある肩と首のみの虞軒《ぐけん》が、穏《おだ》やかな顔で、力の開放を告げる。

「――『捨身剣醒《しゃしんけんせい》』――」

瞬間《しゅんかん》、残された体も飛散《ひさん》し、火の粉は紅梅色の霞《かすみ》へと変ずる。ただ一つ、構えられた場所に残されていた直剣《ちょっけん》型の神器《じんぎ》『昆吾《こんご》』の刀身《とうしん》に優美《ゆうび》な花文様《はなもんよう》が点《とも》り、柄《つか》を霞が握りなおす。

天女《てんにょ》の如《ごと》き優美な盛装《せいそう》を茫漠《ぼうばく》と象《かたど》った、紅梅色の霞が。

これぞ『剣花《けんか》の薙《な》ぎ手《て》』の誇る、神器『昆吾《こんご》』を中核《ちゅうかく》とした戦闘形態《けいたい》『捨身剣醒《しゃしんけんせい》』。

「ゆくぞ、帝鴻《ていこう》」

「応」

返答の瞬間、剣がまさしく飛ぶように、シュドナイへと襲《おそ》い掛かった。

構えも振りもない、霞を噴射炎《ふんしゃえん》としたかのような、壮絶《そうぜつ》な刺突《しとつ》。

「！」

シュドナイは咄嗟《とっさ》に体をかわした。通り過ぎた高熱の霞《かすみ》に、スーツの肩が焦《こ》げる。かわした動作を途中から大きく加速させ、剛槍《ごうそう》『神鉄如意《しんてつにょい》』の端《はし》いっぱいの握りで、一振《ひとふ》り。

通り過ぎようとしていた末尾《まつび》、柄頭《つかがしら》に僅《わず》かかすって、『昆吾《こんご》』はあらぬ方向へと回りながら吹っ飛ぶ。が、それも数秒、どこからともなく湧《わ》いた紅梅《こうばい》色の霞が再び天女《てんにょ》となって受け止め、

「一《いち》の太刀《たち》を避けるだけでなく、触れたか」

「流石《さすが》にやるものよ、蚩尤《しゆう》」

言って宙に舞うもまた数秒、今度は雪崩《なだ》れるように霞ごと、降りかかった。

核《かく》に縦《たて》回転する剣を内包《ないほう》した、高熱の霞を見上げるシュドナイは一息《ひといき》、

「ふっ」

大きく息を吸い込んで変化を始める。

槍《やり》を持つ右半身《みぎ》は人の身のまま、左《ひだり》半身の輪郭《りんかく》が膨《ふく》れ上がった。現れたそれは巨大な、尻尾《しっぽ》の尖端《せんたん》を人間の右半身へと繋《つな》げる、恐竜《きょうりゅう》のような蜥蜴《とかげ》。

分厚《ぶあつ》い鱗《うろこ》で固めたその脳天《のうてん》に回転する『昆吾《こんご》』がぶち当たり、

「む」

シュドナイの驚き見上げる先で一撃《いちげき》、蜥蜴の頭が縦に断ち割られた。さらに、傷口から口から、灼熱《しゃくねつ》の霞が割って入り、中と外、たちまちの内に大《おお》蜥蜴は消し炭《ずみ》へと変わる。

余波《よは》を受けて燃え上がる屋上庭園《ていえん》の中、

「ちいっ！」

危うくこれを切り離し、飛びのいた半身のシュドナイへと、再び『昆吾《こんご》』神速《しんそく》の刺突《しとつ》が繰り出される。今度は、切り離された断面、という死角《しかく》からの一撃。

（もらった――、っ!?）

が、その切り離された面が、瞬間的に牙《きば》を無数生やした顎《あぎと》へと変化していた。しかも、刺突のタイミングに合わせて閉じつつある。戦慄《せんりつ》する虞軒《ぐけん》の心中《しんちゅう》に、

（地勢《ちせい》を利せよ！）

即座《そくざ》伝わる帝鴻《ていこう》の声が響《ひび》く。

咄嗟《とっさ》に『昆吾《こんご》』と紅梅の霞は、軌道《きどう》を本来のものから微《かす》か下方へとずらした。屋上庭園の薄い土壌《どじょう》を突き破って階下へと、灼熱の破壊《はかい》力は雪崩れ込む。

狙《ねら》いを外されたシュドナイは、呼吸より容易《たやす》く半身を戻し、『神鉄如意《しんてつにょい》』を振り上げる。と、さらに機先《きせん》を制して床が割れ、虞軒《ぐけん》の切っ先《さき》が顔面に向けて突き出された。

「！」

シュドナイは仰《の》け反《ぞ》ってこれを避け、お返しと横様《よこざま》の一撃を叩《たた》き込む。

紅梅色の霞が吹き払われた、と見た次の瞬間《しゅんかん》、それは再結集《さいけつしゅう》して剣を取る天女となる。

再び頭上からの唐竹割《からたけわ》りに振り下ろされる剣を、シュドナイは危うく槍《やり》の柄《つか》で受けた。

ギリギリと力の限り押し合う両者、

「虞軒《ぐけん》、全くお前は運が良い。『神鉄如意《しんてつにょい》』の全力を、目の当たりにできるぞ」

至近《しきん》、睨《にら》み合う中でサングラスが二つに割れて、落ちる。

「そうか。では蚩尤《しゅう》、こちらも『捨身剣醒《しゃしんけんせい》』の奥義《おうぎ》で応《こた》えよう」

「ゆくぞ！」

帝鴻《ていこう》の声で一拍、互いに、より力を込めて離れた。

霞《かすみ》の天女《てんにょ》は、優美《ゆうび》に屋上庭園《ていえん》を焼き払いつつ輪舞《りんぶ》し、両手を広げ飛翔《ひしょう》する。屋上よりも、より高い空へ舞い上がった彼女は、身を解いた。その中央で『昆吾《こんご》』が横《よこ》回転を始め、早め、より早め、やがて霞全体《ぜんたい》が平たい円盤《えんばん》状の力の渦《うず》へと変化する。

それが不意に傾いて、上海外界宿《シャンハイアウトロー》の屋上へと、そこに立つ［仮装舞踏会《バル・マスケ》］の将軍へと、回転鋸《のこぎり》の振り落とされるように突っ込む。

その渦は、生の視線で見上げるシュドナイを、

「!!」

触れるより過《よ》ぎるのが早く感じられるほどに容易《たやす》く、屋上へと押し潰《つぶ》した。のみならず、その破壊の余波《よは》で階層《かいそう》の全てを貫《つらぬ》き切り裂き、勢いを減じぬまま地面《じめん》近くまで一気に引き裂く。

周囲で一騎《いっき》打ちを見守る〝徒《ともがら》〟の軍勢《ぐんぜい》が凍りついた――ように見えた。

炸裂《さくれつ》の余韻《よいん》が空間から去ること数秒、中ほどをごっそり削《けず》られる形で割れたビルは、断末魔《だんまつま》

とも聞こえる唸《うな》りをあげて傾き、ゆっくりと倒壊《とうかい》を始める。

濛々《もうもう》と立ち込める粉塵《ふんじん》の中に浮かぶ霞の刃《やいば》が一巻《ひとま》き、天女の姿を取り戻した。虞軒《ぐけん》と帝鴻《ていこう》は、自分らの刻み付けた壮絶《そうぜつ》な破壊を見やる。

「どう、だ？」

「気配《けはい》はど――」

言いかけた二人の正面、

「なかなかの美技《びぎ》だ……が、残念。俺の心にも命にも、届かんな」

「なっ!!」

「む!?」

先の唐竹割《からたけわ》りと同じ、攻撃を受け止めた姿の〝千変《せんぺん》〟シュドナイが、傲然《ごうぜん》と立っていた。その手に掲げられる剛槍《ごうそう》『神鉄如意《しんてつにょい》』には、傷《きず》一つ付いていない。

「馬鹿な」

「無傷、だと」

驚愕《きょうがく》する二人に、不倒《ふとう》の男は目線《めせん》鋭く声を放る。

「俺たち三柱臣《トリニティ》の宝具《ほうぐ》は特別製《せい》でな。この『神鉄如意《しんてつにょい》』は、俺が望まない限り、折れも曲がりもしない。そして望めば――」

周囲、粉塵の中、倒壊しつつあるビルが、動きを止めた。

と突然、その砕けた断面に、無数の目と口が開く。

大小種類《しゅるい》も様々のそれらは［仮装舞踏会《バル・マスケ》］の兵らではない。全てが、〝千変《せんぺん》〟シュドナイだった。ビルのあらゆる階層《かいそう》に、彼の一部、あるいは全身が充満《じゅうまん》している。

受け止める姿勢の膝《ひざ》から下が、地面を覆《おお》い尽くすように広がり、両脇《わき》のビルへと伸びている。

これが、自分の攻撃を受け止め誘い込む、シュドナイの巨大な罠《わな》であったことに、遅まきながら虞軒《ぐけん》らは気付き、

「つく!!」

天女《てんにょ》の姿を解き、離脱《りだつ》しようとする。

が、遅かった。

「ツゴアアアアアアアアアアアアアア――――!!」

周囲全域《ぜんいき》の口から迸《ほとばし》るシュドナイの咆哮《ほうこう》とともに、信じられないことが起きる。

霞《かすみ》となった虞軒《ぐけん》に向けて、両側の階層から数百数千という、濁《にご》った紫《むらさき》の炎《ほのお》を纏《まと》った『神鉄如意《しんてつにょい》』が突き出されたのである。己《おの》が内へと針を伸ばす針鼠《はりねずみ》のように、それら圧倒的な刺突《しとつ》と打撃は、ただ一点へと収束《しゅうそく》する。

フレイムヘイズ『剣花《けんか》の薙《な》ぎ手《て》』の中核《ちゅうかく》となる神器《じんぎ》『昆吾《こんご》』へと。

剛槍《ごうそう》数千の打撃を同時に受けて震える剣へと、

「――っふん!!」

その正面、人身《じんしん》のシュドナイの持つ『神鉄如意《しんてつにょい》』が、空《くう》を貫《つらぬ》き繰り出される。

キーン、
と直剣《ちょっけん》の切《き》っ先《さき》と剛槍の穂先《ほさき》が一点、衝突《しょうとつ》すること一瞬《いっしゅん》、『昆吾《こんご》』が粉々《こなごな》に粉砕《ふんさい》された。残された紅梅色《こうばいいろ》の霞は、怒涛《どとう》と押し寄せる紫の炎に飲み込まれ、掻《か》き消される。

声も姿も、仕草《しぐさ》すらもなく、虞軒《ぐけん》は散った。

その存在に取って代わるように、一点で突き合った『神鉄如意《しんてつにょい》』は炎の中《なか》混ざり合い、ビルの中に在った体の全てを引き寄せて、完全な一人と一本の姿を取り戻す。

「佳人《かじん》の薄命《はくめい》は、花の散るように人を魅《み》せる、か」

声を幕切れと受けたかのように、支えを失ったビル、上海《シャンハイ》外界宿《アウトロー》総本部が、震えた。壁を割り柱を折り、粉塵轟音《ふんじんごうおん》へと埋もれるように、世界でも指折りの重要拠点《きょてん》は崩壊《ほうかい》してゆく。

その数分の最後に転がり、止まった小石を踏んで、シュドナイは街路へと進み出た。

背後、当然のように避難《ひなん》していたオロバスとレライエが跪《ひざまず》き、祝辞《しゅくじ》を述べる。

「おめでとうございます、将軍」

「この戦勝《せんしょう》、必ずや我らが盟主《めいしゅ》様にもお喜び頂けましょう」

応《こた》えて、周囲の兵らが、一斉《いっせい》に歓呼《かんこ》の声を将軍に捧《ささ》げた。

「うおおおおおおー!」「将軍閣下《かっか》、万歳《ばんざい》ー!!」「勝った、勝ったぞおー!!」「我ら［仮装舞踏会《バル・マスケ》］に栄えあれ!」「［三柱臣《トリニティ》の御為《おんため》に!!」「〝千変《せんぺん》〟シュドナイ様、万歳!!」

が、当のシュドナイは、遠くを見るように興薄《きょううす》げな面持《おもも》ちである。

兵らに聞こえないよう、オロバスが三者のみに通じる（二者にしないのが、彼の謹直《きんちょく》なところである）声を、敬服《けいふく》する将軍へと投げかける。

（同胞殺《どうほうごろ》しと討滅《とうめつ》の道具とはいえ、旧知《きゅうち》を討《う》たれた心中《しんちゅう》、お察し致します）

（なにか、攻略《こうりゃく》の過程に気がかり、心残りがおありなら、今からでもこの場を総員かけて掘り起こしますが？）

レライエの方は、いけしゃあしゃあと会話に加わった。

シュドナイは拘《かかわ》らず、声で返す。

「ふっ、余計《よけい》な気遣《きづか》いはするな。奴《やつ》らとの戦いは、その死も含めて互いに楽しんだ、と言うべきだろうさ。それに、人間どもの仕掛ける細工《さいく》は、自在法《じざいほう》で見抜ける類《たぐい》のものではない。探すだけ無駄《むだ》だ。第一、外界宿《アウトロー》を探れとの命も受けていない」

（では、いったい）

オロバスはなおも声なく、

「なにゆえ、浮かぬお顔を？」

レライエはあっさり口で、また尋《たず》ねる。

「この戦《いくさ》が呼ぶ結果について、考えていた」

答えて、シュドナイは煙草《たばこ》を取り出し、軽く指先に振るだけで火を点《つ》けた。

「連携なく単独で挑《いど》み、大打撃《だい》を受けた『傀輪会《かいりんかい》』も、この結果を知った他《た》地域の領袖《りょうしゅう》らも、以降は危機《きき》感から欧州《おうしゅう》の命に服すようになるだろう」

ようやく二人にも、懸念《けねん》の意味が分かってくる。

「世界の要路《ようろ》を不安定にするため、相当数《すう》の拠点《きょてん》を抜き取った。俺たちの一方的な奇襲《きしゅう》、奴《やつ》らの不用意な迎撃《げいげき》、という条件で果たし得る最大の戦果《せんか》も、ここで捥《も》ぎ取った。恐らく、この次は生半可《なまはんか》じゃない。浮かれていられる状況ではないさ」

次に起きるとすれば、それは決戦となる。

見立てに同意する二人も、覚悟《かくご》の重さに身を伏せた。

「はっ！　来る日に向け、より強く大きく、軍を纏《まと》めます」

「雑事《ざつじ》は我らにお任せあって、どうぞ将軍閣下《かっか》には大命遂行《たいめいすいこう》に御専心《ごせんしん》頂きますよう」

シュドナイは紫煙《しえん》を吹いて、思う。

（大命、か……そうだな、そろそろ俺も一度、俺のヘカテーの顔と、帰ってきた盟主殿《めいしゅどの》の御姿《おすがた》でも見に、戻ってみるか）

今、彼の意中《いちゅう》にあるそれは、常の回遊《かいゆう》コースを離れ、極東《きょくとう》の島国《しまぐに》にあるという。

世の空に人知れず浮かぶ［仮装舞踏会《バル・マスケ》］の本拠地《ほんきょち》、移動要塞《ようさい》『星黎殿《せいれいでん》』が、とある地に数日、停泊《ていはく》している。泡《あわ》のような異界《いかい》『秘匿の聖室《クリュプタ》』によって、内部に在る者の気配《けはい》が完全に隔離《かくり》・隠蔽《いんぺい》されているとはいえ、常には在り得ない長さである。

が、今、その程度の細かい差異《さい》を気にしている者は、どこにもいなかった。それどころではない、もっと、最も、重大な出来事が、起こっている最中《さなか》だったからである。

　要塞内部は、その出来事を一目《ひとめ》でも見ようと、あわよくば立ち会おうと、世界各地《かくち》から集った〝紅世《ぐぜ》の徒《ともがら》〟の構成員らによって、数百年ぶりという活況《かっきょう》でごったがえしていた。宮橋《きゅうきょう》を下ろす城門《じょうもん》の双塔《そうとう》、要塞《ようさい》の上半分を占める入り組んだ城壁《じょうへき》と尖塔群《せんとうぐん》、下《した》半分の岩塊《がんかい》部に突き出た掩体道《えんたいどう》と兵員の詰め所等々、岩塊部の中にある秘匿施設《ひとくしせつ》以外のどこにも、人目につかない場所のないほどに〝徒《ともがら》〟が詰め込まれている。

　現在、諸事情《しょじじょう》あって禁足令《きんそくれい》が布《し》かれているため、なおさら彼らは要塞《ようさい》内部を歩き回って、今起きている、これから起きることについて、互いに語らい、期待し、また尋《たず》ね合っていた。

　その一隅《いちぐう》たる酒保《しゅほ》——飲食による娯楽《ごらく》を提供する休息所兼《けん》連絡所——で、

「ストラス様！」

　食事を楽しもうと現れた〝翠翔《すいしょう》〟ストラスを、呼び止める者があった。

「おや、〝蠱溺《こでき》の盃《はい》〟ピルソイン」

　ストラスは、首《くび》無しの身を振り向かせた。古株《ふるかぶ》の布告官《ヘロルト》たる彼は、両腕が翼《つばさ》、全身を獣毛《じゅうもう》で覆《おお》い、張った胸に一対《いっつい》の目、腹に裂けた口、という鳥とも人ともつかない異形《いぎょう》だが、我《が》もアクも強い〝徒《ともがら》〟には珍しい穏《おだ》やかな性格から、役目《やくめ》以上の親交を持つ者も多い。

人垣越《ひとがきご》しに彼を呼び止めた〝徒《ともがら》〟も、その一人。

「将軍の遠征《えんせい》に同行されていると聞いていましたが、戻っておられたのですね。やはり、此度《こたび》の件と関係が？」

行き交う大小の狭間《はざま》を、ぴょこぴょこと跳ねるように近付いてくるのは、やぶにらみの子供である。袖《そで》が地に着くほどブカブカなローブと、二昔前《ふたむかし》の盗人《ぬすっと》のように背負った大袋が、身の小柄《こがら》さを強調している。これでも名の知れた捜索猟兵《イェーガー》で、相方《あいかた》の巡回士《ヴァンデラー》とともに上げた大功《たいこう》も多い。

久方《ひさかた》ぶりに会う顔馴染《かおなじ》みに、ストラスは笑って答える。

「いえ、私は将軍閣下《かっか》の命で、たまたま。そちらは？」

「もちろん、拝謁《はいえつ》の栄《えい》に浴すためですよ……我らが盟主《めいしゅ》の」

構成員たる〝徒《ともがら》〟らの参集している理由は、まさにそれだった。

本日間《ま》もなく、この『星黎殿《せいれいでん》』において、盟主の帰還《きかん》を祝す式典《しきてん》が執《と》り行われる予定なのである。長く空座《くうざ》だった地位に即く、ほとんどの者が伝え聞く以上の実態を知らない、盟主なる者への謁見《えっけん》を果たすべく、あるいは盟主足《た》るかを目で肌《はだ》で確かめるべく、彼らは世界中から集ったのだった。

ピルソインもその一人として、素直な喜び以外の感情を、声の中に混ぜていた。

ストラスは、それを感じつつも流し、辺りを見渡す。

「そういえば〝驀地《ばくち》〟リベザル殿は？　当然ご一緒なのでしょう？」

リベザルと言うのは、常々ピルソインと組んで任に当たっている巡回士《ヴァンデラー》で、実力は折り紙つきながら、言動の荒っぽいことで知られる〝紅世《ぐぜ》の王〟だった。

「ええ、まあ」

ピルソインはやぶにらみの目を僅《わず》か巡らせて、その居場所《い》を示す。

「でも今は、あまり触れない方が――」

「〝翠翔《すいしょう》〟ストラス!!」

言いかけた声におっ被《かぶ》せて、ほとんど怒号《どごう》のような声が酒保《しゅほ》に響《ひび》いた。

「こっちに来い、一緒に飲め！」

賑《にぎ》わっていた声が途《と》切れ、遮《さえぎ》っていた人壁《ひとかべ》が開いてゆく。誰もが、手の付けられない乱暴者と関わることを面倒《めんどう》に思っているのだった。

人あしらいも上手《うま》いストラスは、特段《とくだん》恐れた様子《ようす》もなく、開いた人垣《ひとがき》の間を通ってゆく。

「ご機嫌麗《きげんうるわ》しゅう、とはいかないようですね。如何《いか》がなさいました」

「如何もなにもあるか」

酒保の中ほどにあるテーブルに腰掛け、特大の木製ジョッキを手に飲んだくれているのは、象《ぞう》ほどもある巨軀《きょく》を人間状に直立させる、三本角《づの》の甲虫《かぶとむし》である。四本ある腕の内、下の二本は硬く腕組みして、その上から水晶《すいしょう》の数珠《じゅず》を巻きつけていた。

この、ストラスにも負けない異形《いぎょう》の〝王〟は、蜂蜜酒《はちみつしゅ》のお代わりを樽《たる》から手酌《てじゃく》で注《そそ》ぎながら、やや呂律《ろれつ》の怪しい声を張り上げる。

「おまえも見ただろう！　ご帰還《きかん》あった我らが盟主だと……冗談《じょうだん》じゃねえ！　あれは〝ミステス〟じゃねえか！　どんな宝具《ほうぐ》を蔵《ぞう》してるとしても、多少の力を宿してるとしても、俺たち〝徒《ともがら》〟が構成を弄《いじ》れば四散《しさん》する人間の喰い滓《かす》に過ぎん！」

リベザルは、途中から相手ではなく自分へと語っている。

それを分かっていて、しかしストラスは耳を傾けた。話を伝える前に聞くのは、組織中枢《ちゅうすう》と捜索猟兵《イエーガー》、巡回士《ヴァンデラー》間の連絡を受け持つ布告官《ヘロルト》の重要な職能である。

既に独演《どくえん》状態となっているリベザルは体を声を震わせ、

「そんな、どこの馬の骨とも知れん野郎《やろう》に……なんで俺たちの参謀閣下《さんぼうかっか》が、大御《おおみ》巫《かんなぎ》が傅《かしず》かなきゃなんねえんだ!!」

ドン、と鉤爪《かぎづめ》の足を床に打ちつけた。

敷石《しきいし》がひび割れるのみならず、酒保自体が大きく揺らぐ。天井《てんじょう》から埃《ほこり》がパラパラと落ちて、周囲の〝徒《ともがら》〟には無駄《むだ》な騒動《そうどう》に巻き込まれるのを避けて立ち去る者もあった。酒保の責任者たる〝徒《ともがら》〟からの、救いを求めるような視線が、同席する二人に向けられる。

（ははあ、つまり）

ストラスは、彼が不機嫌《ふきげん》な理由に、容易に見当《けんとう》がついた。視線で傍《かたわ》らに確かめると、ピルソインも苦笑《くしょう》して頷《うなず》き返してくる。

(まあ、そういうわけで)

リベザルは、組織の一《いち》構成員として、それ以上に、力ある〝紅世《ぐぜ》の王〟として、またそれ以上に、ベルペオル直属《ちょくぞく》の側近《そっきん》として、与えられた任務を果たすことに大きな歓喜《かんき》と充実感《かん》を覚えていた。

そんな自分の信奉《しんぽう》する上官《じょうかん》が、全く当たり前のように、なんの抵抗もなく、他者に膝《ひざ》を屈したという状況に、信奉した分だけ憤慨《ふんがい》しているのである。

ふと、周囲を見渡してみたストラスは、その様子《ようす》に、

(やはり、そうなのか)

帰還《きかん》して以降、『星黎殿《せいれいでん》』の中に感じていた奇妙《きみょう》な空気の正体を見た気がした。

リベザルが荒れ狂っていること自体には呆《あき》れや迷惑《めいわく》さを感じて、しかし誰一人として、盟主《めいしゅ》に対し不敬《ふけい》であることを咎《とが》めてはいない。どころか、あちこちで平然と飲み食いしている者、じっと乱行《らんぎょう》を見つめている者らの間には、声に出さない支持の雰囲気《ふんいき》すら漂っている。

(しかし、無理もない)

ストラスもほんの先刻《せんこく》、帰還した際に、驚くべき光景に出くわしている。

あの様《さま》を見れば、盟主がさせたと知れば、数百年、長い者は千年の単位で[仮装舞踏会《バル・マスケ》]に

付き従ってきた〝徒《ともがら》〟は、許し難《がた》い軽率《けいそつ》さへの憤《いきどお》り、精神的・実質《じっしつ》的な指導者であった二人に対する無礼《ぶれい》への不満を、感じずにはいられないだろう。

温厚《おんこう》なストラスでさえ、その疼《うず》きを感じているのだから、気性《きしょう》の荒い他の者たちの胸中《きょうちゅう》は、いかほど荒れていることか。

（それに、出自《しゅつじ》や性質は大きな問題ではない……そもそも、大半《たいはん》の構成員たちは、盟主そのものについて、これまで碌《ろく》に知らされて来なかったのだから、唐突に『盟主だから従え』と言われれば、困惑《こんわく》する者が数多く出るのも当然）

そうでなくとも、〝徒《ともがら》〟の組織というものは人間のそれのように、倫理《りんり》規範《きはん》に拠《よ》って立つ性質のものではない。三柱臣《トリニティ》が率いてきた長年の実績、相対《あいたい》した際に抱かされる感情こそが、彼らを組織に服属《ふくぞく》させる原動《げんどう》力なのである。それはストラスとて例外ではない。

（もしかすると、今日の謁見《えっけん》の式典《しきてん》は、盟主の存在を我らにお披露目《ひろめ》する、という……字義《じぎ》とは逆の意図《いと》からなるものなのだろうか？）

彼の疑問を、リベザルが別の言葉で代弁《だいべん》する。

「だいたい、盟主とやらは、これからなにをしようとしてんだ!?　いきなり、帰って来たと抜かして奥《おく》の院《いん》に居座《いすわ》ったが、参謀閣下《さんぼうかっか》以上に物事を自在《じざい》に動かせるのか？　大御巫《おおみかんなぎ》以上に我らの心を纏《まと》められるのか？　将軍《しょうぐん》閣下以上に戦いを上手《うま》く運べるのか？」

叫び終わった咽喉《のど》を潤《うるお》そうと樽《たる》を傾けるが、既《すで》に空《から》。これを粉々《こなごな》に握りつぶすと、

「くそっ、次の樽《たる》を持って来い！」

不快そのものの声色《こわいろ》で、酒保《しゅほ》の責任者を怒鳴《どな》りつけた。

いい加減《かげん》、見かねたピルソインが、相方《あいかた》の腹、二組目の腕に絡んだ数珠《じゅず》の端《はし》を、背伸びして引っ張る形で宥《なだ》める。

「呑みすぎだよ、リベザル。蜂蜜酒《はちみつしゅ》でも酒は酒なんだから」

「おめえは黙ってろ！　甘いもんは、かえって悪酔《わるよ》いするんだから問題ねえ！」

と、ずれた反論を返すリベザルに、今度はストラスが穏《おだ》やかな声をかけた。

「まあ、そう荒れずに。なんなら私が、構成員の間にそのような空気があることを、上申《じょうしん》しましょうか？　参謀閣下《さんぼうかっか》なら、悪いようにはされないでしょう」

布告官《ヘロルト》は役柄《やくがら》上、彼らよりやや近しく三柱臣《トリニティ》に近づける。その言《げん》には、偽《いつわ》りでは在り得ない重みが感じられた。不満を漏らした個人について密告《みっこく》・讒言《ざんげん》される、と勘《かん》ぐられることがないのは、普段より培《つちか》った人望《じんぼう》の賜物《たまもの》である。

（それに私自身、参謀閣下に此度《こたび》の意図《いと》を尋《たず》ねてみたくもありますから）

むしろ彼としては、そちらの方にこそ興味をそそられている。

リベザルは、良案《りょうあん》と思える申し出に、

「む……」

僅《わず》か心動かされたように黙り、

「それがいいよ、リベザル。そうしなよ」

「この情勢下《か》、参謀閣下も内部の不和《ふわ》は望まれないはず」

言う二人を見て、しかし一転《いってん》、

「いや、やっぱり駄目《だめ》だ」

きっぱりと拒否した。そうして突然、

「それよりも、だ」

二人を抱え込む。

「わっ？」

「な、なにを!?」

表情の表れにくい甲虫《かぶとむし》の顔を二人に寄せて、小さく笑った。

「いいことを思いついた。とりあえず、一緒にいてもらおう」

勿論《もちろん》二人は、彼の『いいこと』を、額面《がくめん》どおりには受け取れなかった。

全体には平坦《へいたん》ながら、峰《みね》の一つ一つが荒削《あらけず》りな鋭角を表す山容《さんよう》は、この地域の特徴《とくちょう》なのであろうか。冷たく澄んだ空気も、岩棚《いわだな》に残った僅《わず》かな緑を、より際立《きわだ》たせているようで快い。

「時節《じせつ》が真冬、というのは、聊《いささ》か以上に間が悪い」

凱甲《がいこう》から溢《あふ》れる衣《ころも》を靡《なび》かせて、盟主《めいしゅ》の声が発せられた。

「春ならば、美しい花も多く咲き乱れていたのだろうが、な」

崖《がけ》の際《きわ》に立つ同じ姿が、今度は少年の声で言った。

彼の後ろでは、少女が一人しゃがんで、風にそよぐ緑の端《はし》を指で撫《な》で上げている。

白い帽子《ぼうし》とマントに身を包む三柱臣《トリニテイ》の巫女《みこ》、〝頂《いただき》の座《くら》〟ヘカテーである。

「十分です。冬には冬の、喜びがありますから……それに」

目を細め、少女は言う。

「今は高きに声を求めずとも、貴方《あなた》と語らうことができます。私は、それだけで」

「冬には冬の、か……そうして、我が身の不在を耐えてきたのだな」

「……」

盟主の声に、今度は答えない。ただ、緑を指先に遊ばせる。

彼は強いて求めず、ただ遠く、山嶺《さんれい》の果てを見やった。

そんな二人を祝すように囃《はや》すように、
バラン、
と幽玄《ゆうげん》な弦音《つるおと》が、山間《さんかん》に揺れて、響《ひび》く。

「冬と見えども冬は去り、春と見えねど春の来る……」

二人の後ろ、高い岩の上に座っていた楽師《がくし》が、古びたリュートを爪弾《つまび》き、歌い上げた。目深《まぶか》

に被《かぶ》った三角帽、襟《えり》を立てた燕尾服《えんびふく》、という出で立ちで顔を隠《かく》す、面妖《めんよう》な人物。

「そは仮初《かりそめ》の幻《まぼろし》か、迷った時の悪戯《いたずら》か……」

少し前から『星黎殿《せいれいでん》』に入り込んでいる〝徒《ともがら》〟、〝笑謔《しょうぎゃく》の聘《へい》〟ロフォカレである。

干渉《かんしょう》を受けず、迫害《はくがい》を受けず、といって賞賛《しょうさん》を受けることもない、ただそこに在って奏《かな》でることを許された、特殊な存在だった。

ゆえに今も、彼はなにも言わず、ヘカテーも振り向かない。

「知るは互いの、心のみ……」

それでもロフォカレは、自分が空気であるかのように、空気に色付けするだけの存在であるかのように、リュートを二度、三度と爪弾き、即興《そっきょう》らしき詩歌《しいか》を零《こぼ》していった。

やがて幾《いく》らか風も過ぎ、少年の声が背中越《ご》しに、要塞《ようさい》から戻ってきた美女に言う。

「ベルペオル、先の〝徒《ともがら》〟は布告官《ヘロルト》か？」

「は」

三眼《さんがん》の右目に眼帯《がんたい》をした三柱臣《トリニティ》の参謀《さんぼう》、〝逆理《ぎゃくり》の裁者《さいしゃ》〟ベルペオルは、優雅《ゆうが》な仕草《しぐさ》で岩肌《いわはだ》に膝《ひざ》を着いた。

彼女はヘカテーとともに数日、この山間を散策《さんさく》する盟主に付き従い、慣れぬ陽光の下に遊んでいた。『星黎殿《せいれいでん》』へと参集《さんしゅう》する〝徒《ともがら》〟らが、外界へと無《む》防備に晒《さら》される彼女らの姿を見て驚《きょう》愕《がく》し、また目を剥《む》いて怒っていることに、自己演出《えんしゅつ》以上の苦笑《くしょう》を覚えながら。

その無用心《ぶようじん》さに不安を、彼女らの扱いに不満を覚える者があることは重々承知《しょうち》していたが、盟主《めいしゅ》の要望とあれば、否やのあろうはずもない。それに、この行為が彼にとって重要な確認作業であることも理解していた。

せめて、重要な協議や伝令《でんれい》のある度《たび》に『星黎殿《せいれいでん》』に戻る、という辺りで、衆《しゅう》を宥《なだ》めるよりない。たった今も、その伝令の報告に立ち会ったところだった。

頭を下げ、ここ数日では最も重大な報告を、参謀《さんぼう》は行う。

「将軍〝千変《せんぺん》〟シュドナイよりの急使《きゅうし》にございます。昨日《きのう》深夜、上海《シャンハイ》外界宿総本部《アウトロー》を陥落《かんらく》させたとのこと。外部の地均《じなら》しは、これにて概《おおむ》ね完了にございます」

「大儀《たいぎ》。余《よ》が不在の間も、〝千変《せんぺん》〟の腕には寸毫《すんごう》の衰《おとろ》えなしと見える」

盟主の声が讃《たた》え、

「これでフレイムヘイズ陣営《じんえい》は当分、事後《じご》処理と現有《げんゆう》する勢力圏《けん》の警戒《けいかい》で、外部にまで網《あみ》を張る余裕《よゆう》はなくなろう。余も、無粋《ぶすい》な介入《かいにゅう》に心をかけず、彼女の許《もと》へ行けるというものだ」

少年の声が継いだ。

ベルペオルは、伏せる下から窺《うかが》うように、言上《ごんじょう》する。

「やはり、向かわれますか？」

「無論《むろん》だ」

即答《そくとう》は、盟主の声で。

「これより大命《たいめい》を進めるに当たって、余を阻《はば》める可能性を持つ者は、あの『天罰神《てんばつしん》』〃天壌《てんじょう》の劫火《ごうか》〃のみ……分かっているはずだ」

説明は、少年の声で。

ベルペオルは、表情を動かさず、再び尋《たず》ねる。

「できますか？」

様々な意味に取れる、その問いに、答えはすぐ返らなかった。

霧《きり》を混ぜた山上の寒風の中、隠《かく》れては照らす明るい陽光の下、衣《ころも》のはためく音は大きく、答えのない空白は長い。

ベルペオルは、不安の暗雲《あんうん》を胸裏《きょうり》に抱いていた。

この二週間ほど、仮の帰還《きかん》を果たした盟主の言動を見る内に湧《わ》いたものである。

元々、帰還した盟主の入れ物には〃ミステス〃などという余剰物《よじょうぶつ》を介《かい》さない、もっと安定した媒体《ばいたい》、専用に設《しつら》えられた受信装置《そうち》『暴君《ぼうくん》』が用いられるはずだった。

それを今の……〃ミステス〃と精神を同調させ、その体を自在《じざい》に動かす、という形態に変更させたのは、他でもない盟主自身《じしん》。宝具《ほうぐ》『零時迷子《れいじまいご》』の転移《てんい》から数ヶ月の間に宿主《やどぬし》たる少年に興味を抱き、同調可能《かのう》な思考《しこう》と志向を持ち合わせている、と認めたことからの選択だった。

本来の計画からは外れた形態ながら、現在のところ問題は起きていない。どころか、言動には一切の躊躇《ためら》いや迷いは見られず、かつての彼そのままの覇気《はき》が満ち溢《あふ》れている。

ただ、奇妙《きみょう》な、予想の範疇外《はんちゅうがい》の現象《げんしょう》が二点、発生していた。

一つは、どういうわけか、異常なまでに鋭敏《えいびん》な探知《たんち》能力を、その身に備えていたこと。

二つは、表出《ひょうしゅつ》する声が、盟主《めいしゅ》と少年を混じり合わせた、いわば混在状態になったこと。

式《しき》を編み上げた盟主、遠くそれを受信したヘカテー、解析《かいせき》し実働させた〝探耽求究《たんたんきゅうきゅう》〟ダンタリオン教授、いずれにも解明《かいめい》不能な、まさに怪現象《かいげんしょう》だった。

（そもそも、極度に複雑な式を無数、碌《ろく》な仮稼動《かりかどう》もなしのぶっつけ本番で動かしているんだ、細かな支障《ししょう》の一つ二つも起きて当然と言える、が……）

その影響《えいきょう》なのかどうか、計画における修正が、早々に下命《かめい》されている。

即《すなわ》ち、審判《しんぱん》と断罪《だんざい》を司《つかさど》る『天罰神《てんばつしん》』――〝天壌《てんじょう》の劫火《ごうか》〟アラストールの処置。

より突き詰めれば、その契約者の、ということになる。このフレイムヘイズ『炎髪灼眼《えんぱつしゃくがん》の討《う》ち手《て》』は、言うまでもなく〝ミステス〟だった頃の盟主が近しくしていた存在。この修正が、盟主の遠謀《えんぼう》によるものか、それとも少年の私情からなのか、大命遂行《たいめいすいこう》における利点と個人の思《おも》惑《わく》に重なる部分が多すぎるため、真意《しんい》は容易に察せられない。

処置の方策《ほうさく》については既《すで》に練られ、準備も終わっていたが、いざという時、彼にそれができるのか。できなかった時、そこから彼が崩れはしないか。

彼女ら［仮装舞踏会《バル・マスケ》］の目指す大命遂行の道は、順風満帆《じゅんぷうまんぱん》に見えて、実は最も不《ふ》確定なモノを、その核《かく》としたまま突き進んでいる。事に慎重《しんちょう》な彼女が不安を抱くのも当然だった。

(まったく、儘《まま》ならぬ)

しかし、その胸裏《きょうり》の暗雲《あんうん》は、彼女にとって決して不快なものではない。むしろ、喜びすら覚えさせられる。『思う儘に生きる』ことを旨《むね》とする〝徒《ともがら》〟の中で、彼女だけが持つ『思う儘にならないことにこそ、挑《いど》む甲斐《かい》を感じる』という特質のなせる業《わざ》だった。

(そう、この不測の事態にも、手立ては一つ取ってある……その到着を待って、分析《ぶんせき》なり解明なりを、進めればよいさ)

自嘲《じちょう》ではない、満足感としての複雑怪奇《かいき》な喜びを、今も鬼謀《きぼう》の〝王〟は得ている。

(我ながら、度し難い)

と、その彼女へと、

「できるか、ではない」

盟主《めいしゅ》が言いつつ、近寄る。

「断じてやる、それだけだ」

少年が言って、ベルペオルの前に立った。

盟主が、今度は笑いかける。

「かつてのことといい、余《よ》は、おまえを困らせてばかりだな。おまえの喜びに甘えて、結局は大きな辛《つら》さを与える。なんという、不敏《ふびん》の盟主であろう」

正確に己《おの》が内心《ないしん》を測られていることに、喜びとも焦りとも付かない気持ちを抱いて、思わずベルペオルは平伏《へいふく》で顔を隠《かく》す。

「左様《さよう》なことは――」

と、その手を少年が無造作《むぞうさ》に掴《つか》み、

「だが、二度はしくじらぬ。おまえたちのためにも」

「――!?」

緩やか軽やかに引いて、その身を立たせていた。

まず誰も見たことのない、呆気《あっけ》にとられた表情の彼女を、盟主《めいしゅ》は見つめ、

「小さき人の身も、まんざら悪いものではないな」

少年がその眼帯《がんたい》に、優しく指先を這《は》わせる。

「おまえたちと、こうして近しく触れ合えるのだから」

「……は」

ようやく一言だけを返したベルペオルと、

「はい」

振り向き、はっきりと答えたヘカテーに、

「この数日、おまえたちを無防備《むぼうび》に晒《さら》し歩いていることを、許せ。だが、どうしても感じておきたかったのだ。広がり満ちる、生《なま》の世界というものを……お前たちと共に」

盟主は言って、天を仰ぎ、

「やはり、こうでなくてはならぬ」

少年は言って、地を見渡した。

バラン、
とロフォカレが、またリュートを爪弾《つまび》いた。

「在るは遥《はる》かに目を潤《うるお》し、重なるは新たに心を染《そ》む……ああ、其《そ》がまさに、世界」

詩歌《しいか》の意図を受け取った盟主が、再び振り向く。

数キロ先に降ろされた宮 橋《きゆうきよう》、『星黎殿《せいれいでん》』を包む隠匿《いんとく》の殻《から》『秘匿の聖室《クリュプタ》』内から伸びる、見た目には宙から忽然《こつぜん》と出現する板敷《いたじ》きの吊橋《つりばし》を、不思議《ふしぎ》な物体が降りてくる。

宙に浮かぶ人間大《だい》の、臙脂色《えんじいろ》をした直方体《ちよくほうたい》。

上に松明《たいまつ》が刺された、不可思議《ふかしぎ》なそれは、走るほどの速度で彼らの方へと近付いてくる。

ベルペオルは急ぎ半歩、彼と距離を取って、これを出迎える。

「どうしたね、フェコルー」

「はっ!」

この直方体は、『星黎殿《せいれいでん》』鉄壁《てつぺき》の守護《しゆご》者として名高い〝紅世《ぐぜ》の王〟、〝嵐蹄《らんてい》〟フェコルー。

正確に表現すると、直方体は彼の防御系自《けいじ》在法《ざいほう》『マグネシア』からなる生成物《ぶつ》で、自身を棺《ひつぎ》のように中に納めているのである。

彼の容姿《ようし》は、冴《さ》えないスーツ姿の中 年《ちゆうねん》男性に、尖《とが》った角《つの》と蝙蝠《こうもり》の翼《つばさ》と鉤《かぎ》のある尻尾《しつぽ》と大振《おおぶ》りな蛮刀《ばんとう》を付属させる、という露骨《ろこつ》なまでに悪魔《あくま》めいたものではあったが、だからといって日光に当たってどうこう、という性質まで持ち合わせてはいない。

今、彼がこのように身を隠《かく》しているのは、滑稽《こっけい》な理由からである。

ただ『星黎殿《せいれいでん》』を守るだけでなく、ベルペオル不在時《じ》の裁量《さいりょう》までも任されているこの〝王〟は、日頃《ひごろ》から組織の構成員らに己《おのれ》の姿を晒《さら》し歩いている。

といって、正体身分《みぶん》を明かしてのことではない。

頭上に掲げる松明《たいまつ》『トリヴィア』……空間を操作する『銀沙回廊《ぎんさかいろう》』の誘導《ゆうどう》装置を使うことで、彼は『秘匿の聖室《クリュプタ》』の力を纏《まと》い、己の強大な気配《けはい》を隠《かく》し、一〝徒《ともがら》〟の身分を偽って、『星黎殿《せいれいでん》』の中を巡察《じゅんさつ》しているのだった。陰湿《いんしつ》な監視《かんし》が目的ではなく、構成員たちの立場から組織の姿を捉《とら》えるための施策《しさく》である。

こうした事情から、人目《ひとめ》の付く可能性のある場所で〝嵐蹄《らんてい》〟として三柱臣《トリニティ》への謁見《えっけん》を求める際、彼は今のような間の抜けた偽装《ぎそう》を施《ほどこ》さねばならないのだった。

「どうした……？　いえ」

予定通りの招請《しょうせい》に現れただけ、ベルペオルも当然知っているはずの事柄《ことがら》を、なぜ今さら問い返されたのか。彼は不審《ふしん》に思ったが、とりあえずと報告を行うため、直方体《ちょくほうたい》をバッタリと前のめりに倒した。平伏《へいふく》する姿勢のつもりである。

「我らが盟主《めいしゅ》、謁見《えっけん》の式典《しきてん》準備、相整《あいとと》いましてございます」

大げさな態度と言葉に、盟主は簡単に答え、

「ご苦労、〝嵐蹄《らんてい》〟」

少年は軽く、他を促《うなが》す。

「では、行こうか」

バラン、
とリュートを一払い、ロフォカレが岩上《がんじよう》から軽やかに飛び降りた。

ヘカテーも彼の傍《かたわ》らに寄り添い、その反対側にはベルペオルが立つ。

後ろには直方体のフェコルーが続き、一同はゆっくりと歩みを進める。

これから始まる、彼らの戦いへと。


移動要塞《ようさい》『星黎殿《せいれいでん》』の上《うえ》半分である城砦部《じようさいぶ》は、秘匿《ひとく》施設の多い下《した》半分の岩塊部《がんかいぶ》と違って、基本的に無駄《むだ》な部屋というものが存在しない。

建造《けんぞう》当時には、あるいは存在していたのかもしれないが、それも戦いの時を経るに連れ、より戦闘的に、より実用的であるように、改修《かいしゆう》を受けている。

そんな城砦部にも、例外と呼べる部位《ぶい》があった。

双塔城門《そうとうじようもん》から一直線、普段は閉ざされている大扉《おおとびら》を三つほども抜けた先に広がる空間。両

脇《わき》に二列ずつ太い円柱《えんちゅう》を並べる、五廊式《ごろうしき》の大伽藍《だいがらん》である。列柱《れっちゅう》の間は緩やかなアーチで繋《つな》がれ、広い天井《てんじょう》に向かっては溶け合うように平面を形作る、壮麗《そうれい》な石造りのトンネルとも見える。

中央に厚く敷かれた赤絨毯《あかじゅうたん》の行く先、伽藍《がらん》の突き当りには、段にして十余《じゅうよ》の、競《せ》りあがった舞台がある。絨毯の先に祭壇《さいだん》はなく、広いもう一段、舞台の上の舞台が設《しつら》えられている。

見上げれば、天井には、フレスコによる彩色《さいしき》が一面施《ほどこ》されている。様式《ようしき》として通常見《み》られる、宗教的な図画ではない。ただ、大きく一つ、小さく無数に、絵姿《えすがた》が描かれている。

中央を大きく貫《つらぬ》きのたうつ黒い蛇《へび》と、それを背に広がり奔《はし》る〝紅世《ぐぜ》の徒《ともがら》〟たち――。

誰も絡み合わず摑《つか》み合わない、切り裂かず切り裂かれない、嚙《か》み砕かず嚙み砕かれない、ただ蛇を中心にどこまでも進んでゆく、彼ら［仮装舞踏会《バル・マスケ》］の在り様《さま》だった。

「見ていろ、馬の骨が。参謀閣下《さんぼうかっか》や大御巫《おおみかんなぎ》への礼儀《れいぎ》を、この俺が叩き込んでやる」

今、この図《ず》案《あん》を解す者多数《たすう》、解さぬ者もまた多数、［仮装舞踏会《バル・マスケ》］の構成員らが、絨毯から数歩の間を置いて詰め掛け、犇《ひしめ》き合っている。

長きに渡り空座《くうざ》だった彼らの盟主《めいしゅ》が、遂《つい》に帰還《きかん》を果たした。

今より、その謁見《えっけん》の儀式《ぎしき》と、大命《たいめい》の令達《れいたつ》が行われるのである。

「ほ、本気でそんな大それたことを⁉」

大命、という言葉を初めて聞いた構成員も、実のところ多い。内奥《ないおう》に通暁《つうぎょう》しているのはベルペオルの側近《そっきん》や一部の布告官《ヘロルト》のみ、存在を知る者も歴戦《れきせん》の捜索猟兵《イェーガー》や巡回士《ヴァンデラー》に幾《いく》らか、という程度。組織にとって秘中《ひちゅう》の秘たるなにか、というのが大半《たいはん》の構成員らによる認識《にんしき》である。

「止《や》めなよ、リベザル！　絶対不味《まず》いってば!!」

それが明かされる、と事前に布告《ふこく》されることで、彼らの放つ熱気は事前から最高潮《さいこうちょう》に達していた。なにしろ（大半《たいはん》の者が伝え聞いた話だけしか知らないとは言え）、あの盟主《めいしゅ》が本気で取り組むほどの計画である。よほど素晴らしい、あるいは壮大《そうだい》なものに違いなかった。

「構うものか。俺たちは、位階等級《いかいとうきゅう》によって畏怖《いふ》や敬慕《けいぼ》を受けるわけじゃない。ただ力によって。それのみが、互いの在り方を決める」

もっとも、数千年は昔の存在という盟主、その抱いているという大命《たいめい》、いずれものイメージがあまりに桁外《けたはず》れ過ぎて、ピンと来ていない者もかなりいる。そういう者らは、単純に周囲の熱狂《ねっきょう》に乗って、来るべき大きな式典《しきてん》への期待を高めていた。

「しかし、よりにもよって、それを盟主に仕掛けるなど」

「だいたい位階って、盟主様はそれどころの御方じゃないいいいいいいんだよ!?」

これら流れの中、熱狂《ねっきょう》に同調せず、壁際《かべぎわ》で揉《も》める三人が在った。

言うまでもない、ストラスとピルソイン、そしてリベザルである。

前者二人はリベザルの巨体、上部一組《ひとくみ》の腕に抱え込まれジタバタ暴れているという、見た目には珍妙《ちんみょう》ながら微笑《ほほえ》ましくすらある光景である。

が、当人たち、特に抱え込まれる二人にとっては、微笑ましいどころの騒ぎではない。下手《へた》をしてもしなくても、悪巧《わるだく》みの片棒《かたぼう》を担《かつ》いだ、という嫌疑《けんぎ》をかけられる瀬戸際《せとぎわ》にある。

リベザルの方も、元来が愚鈍《ぐどん》の男ではない。自分の行為の意味については重々、理解していた。ただ今は、己《おのれ》の奉《ほう》じるベルペオルとヘカテーを傅《かしず》かせる者を試す、傅かせる価値《かち》があるかどうか腕ずくで見極《みきわ》める、という厚い忠誠心《ちゅうせいしん》の裏返したる激情《げきじょう》の虜《とりこ》となっている。

「御方もなにもあるものか。見ろ」

三本角《づの》で、沸き返る構成員らの後方、大伽藍《だいがらん》の端《はし》を指した。

そこには一人、壁に背を預けてブツブツと何事かを呟《つぶや》いている、陰気な男の姿がある。硬い長髪《ちょうはつ》の下、巻き布で顔を、長いマントで体を隠《かく》す——殺し屋〝壊刃《かいじん》〟サブラクである。

「あっちもだ」

新たに角が指すのは、中央の絨毯《じゅうたん》を挟んだ、反対側の最《さい》前列。

三角棒《ぼう》に燕尾服《えんびふく》の楽師《がくし》が、立てたリュートの頂《いただき》に、バランスを取って器用《きよう》に座っている。先んじて謁見《えっけん》の間に乗り込み、盟主の入来《にゅうらい》を待つ〝笑謔《しょうぎゃく》の聘《へい》〟ロフォカレである。

「あのような胡散臭《うさんくさ》い連中《れんちゅう》を引き入れ、自由に『星黎殿《せいれいでん》』内を闊歩《かっぽ》させるなど……これまでにはなかったことだ。なにもかも、あの盟主とやらが来てからおかしくなっている」

忠誠心は帰属《きぞく》意識に繋《つな》がり、帰属意識は排他性《はいたせい》に繋がる。彼の敵愾心《てきがいしん》は、組織へと乱入してきた者たちを一まとめに、その標的《ひょうてき》としているのだった。

「しかし〝壊刃《かいじん》〟殿《どの》の助勢《じょせい》なら、むしろ我らとしても望むところ。ロフォカレとて、あの一党なら見物にも来るでしょう。盟主《めいしゅ》がどうこうの話ではないはずです！」

「そうだよ、だいたい、どうやって、あの人たちを呼んだのが盟主の命令、って見分けをつけたのさ!?」

なおも説得を試みるストラスとピルソインに、しかしリベザルは開き直るように、

「ふん、俺の企図《きと》を知ってしまった以上、どの道放免《ほうめん》はできん。せいぜい俺に捕らえられていた、という言い訳作《づく》りのために、そこで暴れていろ」

などと、無茶《むちゃ》な要求を言い放つ。

抱えられた二人は、もはや理屈《りくつ》が通じないほど、この〝王〟が自分の計画に入れ込んでしまっている、という事実に、危機感を募《つの》らせた。

（ええい、こうなれば）

（もう、仕様《しよう》のない奴《やつ》！）

式典《しきてん》に泥を塗る騒ぎも辞《じ》さず、と二人して力を込めた、
その瞬間《しゅんかん》、
シン、
と音の静まる音の響《ひび》いたように、大伽藍《だいがらん》の中が静まり返った。

城主一党《じょうしゅいっとう》のみ通ることを許される大扉《おおとびら》が、開いたのである。

二人はつい、静けさの中でなにかを行うことに躊躇《ちゅうちょ》した。

そして、まさにその躊躇の隙《すき》を突いて、リベザルは自分の力を開放する。

二人を抱える上部一組《ひとくみ》の腕の下、脇腹《わきばら》で組まれる下部一組の腕が大きく広げられ、絡み付いていた数珠《じゅず》が、無数の玉となって弾《はじ》けた。

（あっ！）

（馬鹿！）

息を呑む二人が放り捨てられる。

その見つめる先、鎖《くさり》を周囲に浮かべたベルペオル、および錫杖《しゃくじょう》を携《たずさ》えたヘカテーを引き連れて、盟主が入来《にゅうらい》していた。異形《いぎょう》人形、大小の猛者《もさ》らによる無数の、突き刺さるような視線を受けて、動じた様子《ようす》もなく悠然《ゆうぜん》と、彼は厚い絨毯《じゅうたん》を踏んで堂々、歩を進める。

後頭より黒い竜尾《りゅうび》を伸ばし、緋色《ひいろ》の凱甲《がいこう》と衣《ころも》を纏《まと》う、少年である。

特段華美《とくだんかび》な容貌《ようぼう》でもないが、ただ、異様《いよう》に落ち着いている。

まず〝徒《ともがら》〟が力量として測る貫禄《かんろく》も、妙《みょう》に摑《つか》み難い。

得体《えたい》の知れないモノ、というのが彼らの抱いた印象《いんしょう》だった。

と、どういう儀礼《れいぎ》の手順か、ヘカテーとベルペオルが足を止める。

たった一人、己《おのれ》を存分《ぞんぶん》に見せつけるように、大伽藍の中央を歩いてゆく。

その盟主とやらが一点、足を止めた。

笑って、

「名乗れ!!」

鋭く群集に向かって手を差し伸べる。

声の先、突然の行動に驚く〝徒《ともがら》〟らの後方、企図《きと》を知られたリベザルがギョッとなる。なって、しかしそれが盟主《めいしゅ》からの、舞踏《ぶとう》への招待であることも同時に気付かされた。

ぶちのめしたい、試したい、走りたい、ぶつかりたい、戦いたい――それら、欲望の肯定。

心に火を点《とも》された〝紅世《ぐぜ》の王〟は、湧《わ》き上がった凶暴《きょうぼう》な喜びを、返礼の怒号《どごう》に変える。

「巡回士《ヴァンデラー》〝驀地《ばくち》祲《しん》〟リベザル!!」

ズン、と巨重《きょじゅう》が踏み出して、進路上《じょう》に在る〝徒《ともがら》〟たちを押し退《の》けてゆく。

大伽藍《だいがらん》を埋め尽くす構成員らは、唐突《とうとつ》な代表者の登場に沸き返り、熱狂《ねっきょう》の声を爆発させた。

この変事《へんじ》を、予見していたベルペオルは平然と、無関心なヘカテーは冷厳《れいげん》と、知って放置していたサブラクは興深《きょうぶか》げに、驚いたロフォカレは大喜びで、各々《おのおの》見やる。

叫喚《きょうかん》と喧騒《けんそう》を突き破る――誰も、挑《いど》み挑まれる者を邪魔《じゃま》せず飛び退いていたが――象《ぞう》ほどもある三本角《づの》の甲虫《かぶとむし》は、見かけほど単純な猪武者《いのししむしゃ》ではない。本人としても、招待された以上は無様《ぶざま》な舞踏を見せるつもりはない。準備も既《すで》に整っていた。

「我らの盟主足《た》るか、御身《おんみ》が力を賭《と》して見せ候《そうら》え!!」

再びの怒号が反響《はんきょう》する大伽藍の中、ばら撒《ま》かれていた数珠玉《じゅずだま》が、弁柄色《べんがらいろ》の炎《ほのお》を撒《ま》いて膨《ふく》れ上がる。炎は合わさって形をなし、彼と全く同じ、七つの姿を象《かたど》った。本体のリベザルだけが一歩先《さき》んじ、角度を変えた鏡《かがみ》のように八方《はっぽう》から八体《はったい》が押し包む円陣《えんじん》となる。

盟主は、この先んじる一歩に、挑《いど》む者の気《き》骨《こつ》を感じた。

ふ、とその身が宙に浮かぶ。

一瞬《いっしゅん》、逃げるつもりかと憤《いきどお》ったリベザルは、

「！」

すぐにその浮遊《ふゆう》が、とある高さで止まったと気付いた。そして、それが彼と丁度《ちょうど》、顔を見合わせる、受けて立つ位置であると知り、歓喜し、勇躍《ゆうやく》し、猛進《もうしん》する。

「つはあああああああああああああああああ！」

まるで歓呼《かんこ》のような咆哮《ほうこう》を放ち、彼は全身全霊《ぜんれい》の力を三本角《づの》に宿して挑みかかった。一歩遅《おく》れて、威力《いりょく》も同等の七体《ななたい》の分身《ぶんしん》が雪崩《なだ》れ込む。その中央、遥かに小柄《こがら》な盟主が包み込まれ、
ドガアアアアアン!!

凄《すさ》まじい衝突音《しょうとつおん》が空気を引き裂いた。

足元を、腹の底を震わす余韻《よいん》が薄れ、

「――よくぞ」

「っ!?」

代わりに、盟主《めいしゅ》の穏《おだ》やかな声が響《ひび》いた。

「よくぞ、ここまで育った」

「うお、お!?」

驚愕《きょうがく》するリベザルの本体、角《つの》の尖端《せんたん》を、棒を握るように横からではなく、前に在るものを掴《つか》み取るように正面から、右の掌《てのひら》が捉《とら》えていた。体は浮かんだ場所から毛ほども動かず、少年の顔にはどこまでも強烈な、燃え立つような喜悦《きえつ》があった。

見れば、七体《ななたい》の分身《ぶんしん》たちも、後頭から伸長《しんちょう》した竜尾《りゅうび》によって阻《はば》まれている。受け止め、受け止められた二人を囲んで緩く巻いた渦《うず》の表面、漆黒《しっこく》の鱗《うろこ》に一点の傷さえ付けえられず……全員が止まっていた。

リベザルは盟主の、瞬間《しゅんかん》的に湧《わ》いた途方《とほう》もない力への畏怖《いふ》を感じた。

感じて、しかしその畏怖に竦《すく》んだり怯《ひる》んだりはしない。そんなものは、己《おの》が身命《しんめい》、存在を惜しむ者の感じる雑念《ざつねん》、と切り捨てていた。今の自分はそれどころではない、欲望を肯定し自分を招いてくれた相手がここにいる、燃え立つような、痺《しび》れる喜悦を顔に乗せて。

(挑《いど》まねば!!)

としか頭に浮かばない。どころか、

（戦う力はまだまだ山ほどあるんだ、一の手とは違う様々な技を試したい、持てる全てをぶつけて打ち砕きたい、この、ここにある、存在を、俺は、乗り越えたい!!）

そんな、身の程《ほど》知らずな狂熱に駆られていた。

が、

「一番槍《やり》、見事――〝驀地《ばくち》祲《しん》〟リベザル」

少年の声による称揚《しようよう》で、

（――っ、は？）

自然と、彼の片膝《かたひざ》は折れた。次いでズンと重く両膝、さらに四つの掌も全て、絨毯《じゆうたん》に着く。招かれて火を点《とも》し、力をぶつけて滾《たぎ》った心が今、言葉をかけられて、熔《と》けていた。敗北感や劣《れつ》等《とう》感など、陰性《いんせい》なものは胸中《きようちゆう》に欠片《かけら》もない。

満ちるのは、極限の驚嘆《きようたん》と感動。

快く欲望を受け取り、

持てる力をぶつけ合い、

歓喜と共に行為を認める。

そんな、彼ら〝紅世《ぐぜ》の徒《ともがら》〟の主《あるじ》足る者の姿を、リベザルは盟主に見ていた。燃え立つ喜悦に感染《かんせん》したかのように、全身を飛びかかったとき以上の激情《げきじよう》に打ち震わせる。

（つぐうう、――っ残念だ!!）

その震えが感極《かんきわ》まり、平伏《へいふく》した。

「ははあ――!!」

その態度に嘘偽《うそいつわ》りはないまま、心の中では大きく叫んでいた。

（戦いが、俺とこの御方との戦いが、終わっちまった!!）

意思による統制《とうせい》が漫《そぞ》ろな乱れによって失われ、七体《ななたい》の分身《ぶんしん》は全て掻《か》き消え、無数の数珠玉《じゅずだま》に戻ってパラパラと床に落ちた。

盟主《めいしゅ》の声が言い、

「うむ、やはりこの体、悪くない」

軽く髪《かみ》を払うように頭を振ると、黒く流れた竜尾《りゅうび》が、一瞬《いっしゅん》で元の長さへと戻る。

そうして見渡した大伽藍《だいがらん》にはリベザル同様、平伏する〝徒《ともがら》〟らが一面、広がっていた。

欲望の肯定者《こうていしゃ》。

強大な力のみではない、彼の在り様《さま》そのものに対する敬服《けいふく》を、ここに在る〝徒《ともがら》〟らは肌身《はだみ》に感じ、心魂《しんこん》で喜び、沈黙《ちんもく》で称《たた》え、態度で認めていた。

彼こそが、まさに［仮装舞踏会《バル・マスケ》］の戴《いただ》く、盟主足《た》る者である、と。

やがて、少年の声が言い、

「ともに歩む、その実感が、在る」

降り立って、再び前へと、歩き出す。

唯《ただ》三人、平伏せず膝《ひざ》を着き、控えていただけのベルペオルとヘカテー（あと一人は無論《むろん》、壁《かべ》際《ぎわ》にいるサブラクである）が後に続き、ようやく主従《しゅじゅう》、舞台へと上がる。

衣《ころも》を翻《ひるがえ》し振り向いた盟主が、一同を睥睨《へいげい》した。

「さあ立て、〝紅世《ぐぜ》の徒《ともがら》〟よ――留まる猶予《ゆうよ》は、我らにはない」

大伽藍に在る全員、騒動《そうどう》に引き攣《つ》れた絨毯《じゅうたん》からリベザルも同様、立ち上がったことに、満足げな笑みを浮かべる。

盟主としての在り様や、持てる力の披見《ひけん》は、もう十分だった。細々とした説明まで自ら行うのは蛇足《だそく》であろう。思って、傍《かたわ》らと目線《めせん》で確認し合い、少年の声を放る。

「任す」

「は」

命を受けたベルペオルは優雅《ゆうが》に腰を折って一礼《いちれい》し、長く自分が負ってきた役割、組織における差配《さはい》を、久方ぶりに他者の下で行う。

「これより［仮装舞踏会《バル・マスケ》］構成員への、大命布達《たいめいふたつ》を行う」

盟主に圧倒され通しだった構成員らは、今さらのように、謁見《えっけん》の儀式《ぎしき》における本題《ほんだい》のもう半分、自分たち自身の運命も左右するであろう事柄《ことがら》を思い出した。

彼ら［仮装舞踏会《バル・マスケ》］の奉《ほう》じる大命。

期待が、盟主《めいしゅ》への敬服《けいふく》と畏怖《いふ》の分だけ、高まってゆく。誰がなにを明確に言うでもない、深いどよめきが大伽藍《だいがらん》を低く満たしていった。

その中、意外《いがい》な人物が、意外な人物の名を、呟《つぶや》く。

「おじ様」

盟主を挟み、ベルペオルと反対側に立っていたヘカテーが、異才《いさい》ながら超《ちょう》の付く変人《へんじん》として知られる〝探耽求究《たんたんきゅうきゅう》〟ダンタリオン教授を、呼び出していた。

その名を知る者が——特に、壁際《かべぎわ》にある男が——思わず眉《まゆ》を顰《ひそ》める。

と、

舞台後方《こうほう》の壁から、銀色の雫《しずく》とも霧《きり》とも見える光点《こうてん》が零《こぼ》れた。光点はすぐに渦《うず》を巻き、厚みのないまま広がってゆく。渦は程《ほど》なく、中空《ちゅうくう》に別の空間への抜け道を、伽藍の高さギリギリまで大きく広げた。

組織に在る者、誰もが一度は潜《くぐ》ったことのあるこの現象《げんしょう》は、『銀沙回廊《ぎんさかいろう》』。『星黎殿《せいれいでん》』内部の空間を組み替え、離れた場所と場所を繋《つな》ぎ合わせる特殊な通路だった。

固唾《かたず》を呑んで、渦の中を見つめる構成員らの鼓膜《こまく》が、

「おぉー待たせっしました!!　いぃーっよいよ出番、うぅーっきうきの大命《たいめい》!　エエークセレントト!　かつエエーキサイティング!　な実験の、始まりでぇーすよぉー!!」

技術的な面から大命の解説を任された男の、無駄《むだ》にハイテンションかつ間延《まの》びした声で、ぶっ

叩《たた》かれた。

声は『銀沙回廊《ぎんさかいろう》』の渦の奥、要塞《ようさい》の何処《どこ》とも知れない区画から上がっている。

「こぉーの実験こそ！　我ら〝紅ぅー世《ぐぜ》の徒《ともがら》〟のポォーッジションを根《こん》っ本《ぽん》っ的にぃーっ変える！　故《ゆえ》にこそ『大』っ命!!　長年の研《けん》っ究《きゅう》が、今まぁーさに結実《けつじつ》しぃーたので──」

「教授、皆さん待っておられるんではありまへんはひははは《せんかいたたた》！」

ブツン、と音が途絶《とだ》えて、代わりに『銀沙回廊《ぎんさかいろう》』の奥に薄暗い明かりが点《とも》る。

見えるのは、丸いなにか。

やがてそれが、真上《まうえ》から見た丸口《まるくち》の竈《かまど》であると分かってくる。

組織の枢要《すうよう》に関わる者には、角度《かくど》以外では見慣れた光景だった。

縁《ふち》にどす黒く煤《すす》を纏《まと》わり付かせた竈型の宝具《ほうぐ》『ゲーヒンノム』である。

常はそこに挿《さ》され、また浮かんでいるはずの三つの宝具《ほうぐ》は、ない。ベルペオルの周りに浮かぶ鎖《くさり》『タルタロス』、ヘカテーの携《たずさ》える錫杖《しゃくじょう》『トライゴン』、そしてシュドナイの遠征《えんせい》に伴われている『神鉄如意《しんてつにょい》』は、それぞれの形で、大命に立ち働く者らの傍《かたわ》らに在った。

その満たされた灰が、ゆっくりと動き出す。

高低のみで精巧《せいこう》に立体を描いてゆく灰は、気付けば一つの像を結んでいた。

現在、『星黎殿《せいれいでん》』が停泊《ていはく》している国・日本を中心とした世界地図である。

「では、説明を始めるかね」

ベルペオルの声に、総員が耳を傾けた。


世界の片隅《かたすみ》、とある町。

霧雨《きりさめ》の夜、古びた石畳《いしだたみ》を危なげなく踏んで、一人の、年配《ねんぱい》の男が歩いている。

時折《ときおり》、疎《まば》らな街灯に浮かび上がる姿は、クラシックなスーツを纏《まと》った、棒のような痩身《そうしん》。スーツに合わせた帽子《ぼうし》、手にあるステッキ、そこはかとなく漂う気品《きひん》と合わせて、老紳士《ろうしんし》という形容が相応《ふさわ》しい。どういうわけか、傘《かさ》は差していなかった。

長い年月、ただただ踏まれ続け、滑《なめ》らかになり過ぎた白い石畳は、ほとんど磨《みが》かれた鏡《かがみ》同然に、街灯をキラキラと反射している。光源の弱さゆえに、夜を照らし出すほど明るくはならない。ただ闇《やみ》を飾る宝石、あるいは暗きに浮かぶ光の島と見えた。

その、宝石を踏み、島を渡り続ける老紳士が、ふと、足を止める。

「ほう。久方ぶりだな、デカラビア」

帽子の鍔《つば》越し、覗《のぞ》くように見上げたものは、霧雨の中空《ちゅうくう》に突如《とつじょ》浮かび上がった、自在式《じざいしき》。人間大《だい》の円に収まった五芒星《ごぼうせい》、中央には目の紋章《もんしょう》が一つ、眠たげに半閉《はんと》じになっていた。

「緊急事態というわけでもない今、姿を見せるとは」

相手の奇怪《きかい》さは意に介《かい》さず、老紳士は続ける。

「遂《つい》に……私にも動員令《れい》がかかったのだな」

自在式は答えず、ただ揺れては回り、回っては変わりして、霧雨の中に浮かんでいた。

3 旅立つために

佐藤啓作《さとうけいさく》は、電車の人ごみに押され揺られしながら、

（やっぱ、もっと朝早くに出るべき、なんだよな）

と今さらの後悔《こうかい》をした。

朝夕のラッシュ時に比べればマシなのだろうが、御崎市《みさきし》駅は複数の路線が乗り入れるハブ駅である。昼の二時三時が慢性《まんせい》的に混雑するのは、立地による宿命と言えた。特にこの、御崎市駅から南西に出ていく路線は、遠く首都圏《しゅとけん》にまで繋《つな》がっている。混まないわけがなかった。

人ごみに押されて、肩からかけた無駄《むだ》に大荷物《おお》のバッグが強く引っ張られる。

（痛っつつ……でも、しょうがない）

佐藤としては、この旅立ちに際して、『弔詞の詠み手《ちょうしのよみて》』マージョリー・ドーにキッチリと挨拶《あいさつ》しておきたかったのだった。前の晩も、何が変わるでもなく深酒《ふかざけ》していた彼女が起きてくるまで待っていたら、結局この時間になってしまった、というわけである。

その、何が変わるでもなく、というところに少なからず凹《へこ》んだ彼だったが、この程度で、と

気を取り直し、屋敷《やしき》の門前で意気込みも露《あら》わに、

「それじゃ、行ってきます!!」

自分の全てを賭《か》けようと決めた女性に告げた。

対するマージョリーの返事は、

「はーいはい。お使いなんだから、言われたことキチッとやんのよ」

という力の抜けたもの。

むしろ〝蹂躙《じゅうりん》の爪牙《そうが》〟マルコシアスの方が、

「良い旅に、期間の長短は関係ねえぜ？　おめー次第だ、佐藤啓作《さとうけいさく》よお」

と珍しく真面目《まじめ》に声をかけてくれた。

（もう少し、なんというか――――）

奮起《ふんき》の裏返しとして少年は思いかけ、

（――っと、いけね）

また自分の方が彼女に求めている、と気付いた。慌《あわ》てて首を振る。押し詰まった周りの乗客が、その身震《みぶる》いを迷惑《めいわく》げに見ているが、あえて無視した。

（出だしからこんな弱気でどうするよ！）

彼女のためにできる事をする、という誓《ちか》いの元、自分から志願したのである。ご褒美《ほうび》など期待するのは贅沢《ぜいたく》、どころか身勝手《みがって》というものだった。

（そう、言い方はともかく、『言われたことをキチッとやれ』って、マージョリーさんの指示《しじ》自体は正しいんだ……俺が、キッチリ、やらないと）

外界宿《アウトロー》から任命された初等《しょとう》連絡員として、迅速《じんそく》かつ的確に物事を処し、情報の直接的な受け渡しという任務を果たす……これら身分《みぶん》・行動・目的、全ては自分の責任として背負うものとなった。子供のように誰かに甘えることも、愚者《ぐしゃ》として世間を舐《な》めることも、今や許されない。無論《むろん》、分かっているからこそ、こうして意気込んでいるわけだが。

（よし、やるぞ）

心中《しんちゅう》、自身を奮い立たせつつ、ジャケットの内ポケットに入れた紹介状、およびマージョリーが渡した新しい付箋《ふせん》に、確認作業として癖付けるため掌《てのひら》を強く当てる。

付箋は、今までのものと少し違う、とマージョリーは言った。

「外界宿《アウトロー》構成員の心得《こころえ》はね、私たちフレイムヘイズが傍《そば》にいないとき、決して〝紅世《ぐぜ》の徒《ともがら》〟と出くわさない、ってことなの。これは、そういうときに持たせる類《たぐい》の物よ」

「老婆心《ろうばしん》からイーロイロ余計《よけい》な機能もくっ付けちゃいるがなあ、ヒッヒヒヒブッ!?」

二人の説明するところによると、これは〝徒《ともがら》〟の探知機《たんちき》であるらしい。もし付近にその気配《けはい》があれば、なんらかの感触《かんしょく》によって持ち主に危機を知らせるという。

「要するに、もしこれで〝徒《ともがら》〟を感じたら、どんな手段を取ってもいいから、とにかく全《ぜん》速力で逃げなさい、ってこと。勝手に近付いたり、調べようと思ったり――」

「言うまでもねえが、戦おうなんて、ちぃっとでも考えたら――」

「絶対に、許さないわよ」

念押《ねんお》しは不本意《ふほんい》だったが、実際にそうした前科《ぜんか》があるので、甘んじて受けるしかない。

（たしかに、マージョリーさんがいなかったら……）

その前科、宝具《ほうぐ》である大剣《たいけん》を台車に載せて〝徒《ともがら》〟に挑《いど》もうとした――今にして思えば、なんという間抜《まぬ》けで軽率《けいそつ》で無謀《むぼう》な行為だったか――彼ならではの、体感した力の差が、鮨詰《すしづ》めの電車内でも身震《みぶる》いを起こさせる。

（この今だって、フレイムヘイズがいなかったら、俺なんか……）

ゴクリ、と佐藤《さとう》は思わず唾《つば》を飲み込んでいた。

旅立って初めて、実感する。

今、自分が御崎《みさき》市というフレイムヘイズの守る城、あるいは揺り籠《かご》の中から出て、無《む》防備なまま人喰《ひとく》いの魔物《まもの》うろつく世界を歩いているということを。密林《みつりん》の奥深くを一人で彷徨《さまよ》うよりも恐ろしい、逃れ抗する力を決定的に持たない、どんな武器を持っていても多人数であっても意味のない、ここは、恐怖の世界だった。

恐怖の世界では、この瞬間《しゅんかん》も、何処《どこ》かで、確実に、人が喰われて死んでいる。誰《だれ》一人、喰われた本人さえ気付かぬ間に、世界から零《こぼ》れ落ち、忘れ去られている。どれだけ誰かを思い、どんなに誰かに思われていても。

（そうか……これが『この世の本当のこと』なのか……）

　気付いたときにはフレイムヘイズ・マージョリーの盾《たて》を得ていた、彼女の判断に全てを委《ゆだ》ねることで無意識の安心を得ていた少年は、ここにきて遂《つい》に、何度も会話の中で聞かされ、また熟知《じゆくち》していたはずの言葉の真髄《しんずい》に辿《たど》り着いていた。

（ここにいる皆、人間たちは、こんな剝《む》き身の世界の中にいるんだ）

真に『この世の本当のこと』を知る異能《いのう》者、マージョリーを始めとするフレイムヘイズらが見せていた、どこか突き放したような淡々《たんたん》とした態度は、決して見たままの単純な冷たさではなかったのである。

　世界が、全ての人間を救うには広すぎる、

〝徒《ともがら》〟が、全てを討滅《とうめつ》し尽くすには多すぎる、

　これら、どうしようもない事実を受け入れてなお戦う、決意の強固さの表れなのだった。彼女らに反感を抱き嚙《か》み付くのは、理解の及ばないことを感情で拒否する、子供の駄々《だだ》と同じなのだった。

（フレイムヘイズ）

　佐藤は改めて彼女ら、異能の戦士の総称《そうしよう》を、胸中《きようちゆう》でなぞる。

（凄《すご》い……本当に凄い、人たちだ）

　そうして、自分が彼女を助ける心を持てるのか、慄《おのの》きの中で確認した。

外界宿《アウトロー》の人間は、こんな恐怖を常時感《かん》じて動くのだろう。しかも昨今《さっこん》、外界宿《アウトロー》は何者かの大《だい》規模な襲撃《しゅうげき》に晒《さら》されており、構成員が巻き添えとなって死ぬことも珍しくないという。

それでも、自分が彼女を助ける心を持てるのか、慄《おのの》きの中で確認した。

(持てる)

いつか、駅で〝徒《ともがら》〟の下僕《げぼく》たる〝燐子《りんね》〟に襲《おそ》われ逃げたとき。

いつか、高校の清秋祭《せいしゅうさい》で起きた血と炎《ほのお》の惨劇《さんげき》に叩き込まれたとき。

市街全域《ぜんいき》を破壊して回る〝王〟の力を目の当たりにしたとき。

それらが無《む》防備な自分に襲い掛かってきても、受け止める覚悟《かくご》を持っているか。

(ああ、持ってるさ)

恐怖を克服《こくふく》してはいない、そう都合《つごう》よく成長などできない、と少年は自覚する。ただ、恐怖していても動けるかどうかの感触《かんしょく》を、幾度《いくど》も恐怖に出会った者として、捉《とら》えていた。

(それに、俺がどうこうの話じゃない……マージョリーさんのために、やるんだ)

胸の中だから言える、その真摯《しんし》な想いに、

(……?)

まるで答えるように、まるで試すように、

(……——)

とある感触が、まさに今という時に、来た。

思わず佐藤《さとう》は声を出して、付近の乗客から再び怪訝《けげん》な目を向けられた。

「――っ、えっ⁉」

（うっ、嘘《うそ》、だろ⁉）

胸に摑《つか》んだ付箋《ふせん》が、それの近付いてくる感触をダイレクトに伝えている。これほど明確なら、確かに細かい説明は不要だった。まるで目とも耳とも違う、新たな感覚器《き》が生まれ出たかのように、凄《すご》い勢いで近付いてくる、何者かの気配《けはい》を感じる。

（ほ、本当に〝徒《ともがら》〟が⁉　でもなんで⁉　俺がここにいるのがばれたってのか⁉）

事情の詮索《せんさく》をしかけて、しかしすぐに、どうでもいいこと、それよりも、と慌《あわ》てて周囲を見回した。朝夕のラッシュほどでないとはいえ、足元も見えないほどの混雑である。無理矢理《むりやり》に押し退《の》けて逃げるどころか、身動き一つ満足にできなかった。

（どうすれば）

そもそも逃げるとして、走っている電車のどこへ逃げる？　そうだ！　停車させるなにか、非常用の装置でもあるんじゃないか？　でもどれが、その装置だ？　いや、あれはホームにあるのか？　電車の方にはないのか？　そうだ、教えてもらえば！　でも大声で事情を説明したところで、いったい誰が信じてくれる？　こんな突飛《とっぴ》なことに協力してくれる？

（どうすれば⁉）

気ばかり焦って、行動に移れない。感じるそれが、明らかに自分に向かって一《いっ》直線、突っ込んでくることを把握《はあく》して、ようやく動揺《どうよう》から恐怖が染《にじ》み出してくる。

ここには、『弔詞《ちょうし》の詠《よ》み手《て》』マージョリー・ドーがいない。

当たり前の事実が、あまりに酷《こく》な現実として、旅立ったばかりの少年へと襲《おそ》い掛かりつつあった。付箋《ふせん》を使って連絡を取るか、しかしもう助けは間に合わない、相手は速過《はやす》ぎる。

(いや、そうじゃない、違うだろ!)

恐怖の中で、なお佐藤《さとう》は思った。我に返ったわけでも、冷静さを取り戻したわけでも、新たな境地《きょうち》に至ったわけでもない。恐怖の中で実行できる、自分の役割にしがみ付いたのだった。

(こうなったら、もうやるだけだ!)

今こそ、まさに今こそが、誓《ちか》ったことを実践《じっせん》するときじゃないか。

ここまで来たら、最後までマージョリーさんのために働く。

俺が〝徒《ともがら》〟の襲来《しゅうらい》を伝えれば、備えも早めにできる。

それが、今の俺にできる、せいぜいの抵抗だ。

(最後まで、やれるだけのことを!)

が、その決意すら間に合わない。

迷う時間が、長すぎた。

(くそっ、もう——)

それは、あっという間に猛《もう》接近する。

（駄目《だめ》か――）

判断が間に合わなかった、あいつならもっとうまくやれたはず、口ほどにもねえ、なんの役にも立てなかった、畜生《ちくしょう》、完全な犬死《いぬじ》にだ……諸々《もろもろ》の悔《くや》しさだけを、最後に捧げていた。

（――マージョリーさん!!）

心の中で、絶叫《ぜっきょう》する。

その彼を、

ボン、

という音が、
音だけが、叩《たた》いた。

「っ!!」

ビクッと体を跳ねさせた少年を、周囲の乗客はいい加減《かげん》、薄気味《うすきみ》悪く思う。

本人には、他に構ったり、ましてや取り繕《つくろ》ったりできるような余裕《よゆう》もない。極限の緊張《きんちょう》と恐怖から頭の中が真《ま》っ白《しろ》になって、音の齎《もたら》した意味を飲み込むまで、幾《いく》らかかかった。

（……）

その十秒ほどで、窓の外を塞《ふさ》いでいたモノが通り過ぎている。

（なん、だ？）

同時に、付箋《ふせん》に感じていた〝徒《ともがら》〟の気配《けはい》も遠ざかっていた。

（まさか）

近付いて来たときと同じく、一《いっ》直線に、遠ざかっていた。

（電《でん》、車《しゃ》？）

気配は、自分を狙《ねら》っていたのではなかった。

ただ、対向《たいこう》の電車に乗っていただけだった。

「……っ」

それを感じて、理解して、佐藤《さとう》は堪《たま》らずへたりこみそうになった。電車の人ごみに支えられなければ、そうしていたかもしれない。別の意味で頭の中が真《ま》っ白《しろ》になっている。

（助かった、のか）

旅立ちの出だしから『この世の本当のこと』に直面させられ、生き延びた体が、純粋な生の在る喜びに、改めて震えていた。体の持ち主の方は、あまりに切羽《せっぱ》詰《つ》まった、死を潜《くぐ》り抜けた虚脱《きょだつ》に落ちるばかりで、まだこれを喜びと判《はん》じられるほどにこなれていない。

とりあえず、ようやく動き始めた頭で、

（ばれたんじゃ、なかったんだ）

と安堵《あんど》に弛《し》緩《かん》しつつ考え、

（それにしても……〝徒《ともがら》〟が、電車だって？）

やっとのこと、そんな疑問を抱いた。

これは全く彼の偏見《へんけん》で、実際にはフレイムヘイズも〝徒《ともがら》〟も、人間の交通機関を便利に要領《ようりょう》よく（大概《たいがい》の場合は運賃《うんちん》さえ支払って）使っているのだが、今の彼には知り得ようはずもない。

そうして電車に揺られる彼は、

（冗談《じょうだん》じゃ、ねえよ、ったく……寿命《じゅみょう》が縮むぜ）

当たり前の、重大な事実に気付くまで、さらに数秒かかった。

（ん？　電車と、すれ違った――）

彼は、御崎《みさき》市から旅立った。

御崎市駅から、電車に乗って。

気配の乗る電車と、すれ違った。

であれば当然、その行く先は一つ。

「――っあ!?」

今度こそ佐藤は、大声で叫んでいた。

新たな〝徒《ともがら》〟が御崎市に向かっている。

「くそっ、なんだって、よりにもよってこんなときに！」

混雑の中、慌《あわ》てて胸ポケットの中にある付箋《ふせん》を取り出そうともがく。その中で、

(引き返そうにも特急に乗っちまったし……いや、駄目《だめ》だ！)

マージョリーとマルコシアスからの、なによりも重要な、守るべき言いつけに照らし合わせて、今から取るべき行動を検討する。

(ええと、これは言《い》われた通り、全《ぜん》速力で逃げてることになるよな!?)

窓の外、過ぎる光景を見て確認した。

(そうだ、連絡するなら、もう少し距離を取った方がいいのか？　俺が自在法《じざいほう》を使ってると分かったら、あの〝徒《ともがら》〟が引き返してくるかもしれない)

とまで思ってから、気付く。

(あっ、俺は馬鹿か!?)

別のポケットから取り出したのは、携帯電話。

連絡員が人間であること、異能《いのう》者たちのサポートを務めること、それらの意味と意義に、佐《さ》藤《とう》は薄《うっ》すらと気付き始めていた。もっとも今は、目の前の出来事を収拾《しゅうしゅう》し処理するだけで手一杯《いっぱい》である。

(ええと、家にかけたら、婆《ばあ》さんが出るか？)

ハウスキーパーの老婆《ろうば》からマージョリーに代わってもらおう、と手順を考えた彼は、

「……」

沈黙《ちんもく》を数秒、なにを思ったか、自宅とは別の場所にかけた。携帯電話を耳に当てて相手が出

るのを待ち、そのコール音の、妙《みょう》な長さにイラつく。

（ったく……なにやってんだ、早く出ろよ!!）

極限の緊張《きんちょう》と恐怖を感じて、しかしそこから逃げ出す、もうやめる、という選択肢《し》を既《すで》に考《こう》慮《りょ》の内に持っていない、ということに、彼は気付いていなかった。

自宅でなにをするでもなく過ごしていた田中栄太《たなかえいた》は、格好《かっこう》つけて出て行った佐藤が早々、要するにこの今、電話をかけてきたことに、嫌な予感を覚えた。

（なに考えてんだ、ったく）

いっそ切れてくれないだろうか、と必要以上に躊躇《ちゅうちょ》してから、携帯電話の通話ボタンを押した彼は、その話――〝徒《ともがら》〟襲来《しゅうらい》の急報を彼に委《ゆだ》ねる旨《むね》――を聞いて、

「な、なに考えてんだよ!!」

先に思ったことと同じ言葉で怒鳴《どな》り返していた。

佐藤はそんな親友の駄々に耳を貸さない。

《いいから頼む！『玻璃壇《はりだん》』に誰かが張り付いてた方がいいってのは分かるよな!? それと例の付箋《ふせん》は使うなよ、向こうに勘付《かんづ》かれるかも知れん！》

「おい！ ちょっと待――」

電話が切れた。

どうせかけなおしても、着信拒否《きよひ》か電源を切っているに違いない、あいつはそういう強引《ごういん》な奴《やつ》だ、と田中《たなか》は推測して（そしてそれは当たっていた）歯噛《はが》みした。

またしても〝紅世《ぐぜ》の徒《ともがら》〟。

前に来てから、友達を奪ってから、ほんの二週間しか経《た》っていない。

（だから、もう懲《こ》り懲《ご》りなんだよ!!）

吐き捨てて無視することができれば、どれほど楽か。

しかし現実として〝徒《ともがら》〟は街に迫っており、放置して急襲《きゆうしゆう》を受けるままにしていれば、どんな災禍《さいか》が街に齎《もたら》されるか分かったものではない。なによりそれを恐れているのは自分自身である、と彼には分かっていた。そして、癪《しやく》なことに、佐藤《さとう》にも分かっていたのだろう。

（こうしている間にも、電車が来る）

結局、二週間前と同じように田中は立ち上がっていた。歩き出す傍《かたわ》ら、携帯電話で佐藤の家を呼び出す。なんにせよ、まずはマージョリーの指示を仰がねばならなかった。

（帰ったら覚えてろよ、佐藤の奴《やつ》……）

胸中《きようちゆう》、苦々しく罵《ののし》った田中は、恐れの中で感じていた。

二週間前のような、行動に移る時の躊躇《ためら》いがないことを。

あの時、迷った自分の情《なさ》けなさを身に染《し》みて知ったからか。

それとも単純に、佐藤に抱いた嫉妬《しっと》の裏返しとしての発奮《はっぷん》か。

自分で判別することはできなかったが、どちらにせよ行動は起こす。とにかく迅速《じんそく》に、辛くてもなんでも、ただ動く……それ以外の道が、今はない。

足は震え、心は怯《おび》え竦《すく》んでいる。

それでも、自分がやるしかない。

足は速まり、心は焦りに満ちる。

始まりこそ二週間前に走り出したときと同じだったが、今度は自分が逃げるために後を託す佐藤がいない。どころか、自分の方こそが、その佐藤から後を託されている。八方ふさがりとはこのことだった。携帯電話を握る手に、力がこもる。

「ああもう、なんなんだよ畜生っ!!　婆《ばあ》さん、今日くらいはすぐ電話取ってくれぇ！」

自分の立場か電話の向こうへか、田中は涙声で怒鳴っていた。


この路線に乗るのは久しぶり——夏に乗ったか？　いや、そんなわけはない——だった。

わざわざ人間の交通機関を使うことには、異論《いろん》もないわけでもなかったが、結局押《お》し通した。

自分がこれから行うことへの確信を得るために、もう一度、この視点から全てをこの目で見ておきたかったのである。こうして、厚手《あつで》の上下に黒いマフラーという、普通の服を着て人間の中に混じるのも久しぶりだった。目的のせいもあるが、どこか気分も弾《はず》んでいる。

人ごみに揺られる、という状況自体《じたい》も、そういえば高校が近所にあったせいか、ほとんど味わったことがなかった。最近では、大戸《おおと》へと向かうシャトルバスに揺られたのがせいぜいだろうか。今となっては疲れることもないが、たしかにこれは、人間には心身ともに辛《つら》い。

ふと、

（……？）

ほんの微《かす》かな、自分でなければ探知《たんち》できないだろう、自在法《じざいほう》の行使を感知《かんち》した。この感覚には覚えがある。恐らくは、気配察知《けはいさっち》。遠くに感じたそれは、猛《もう》スピードで近付いてくる。

（違う、か）

進行方向は同一線上《どういつせん》、ほぼ等《とう》速度で互いに接近している。ということは、双方《そうほう》が電車に乗っているのだろう。判断をつける間にも、距離がどんどん縮まってくる。

（さて、どうしたものか）

何者かは知らないが、フレイムヘイズでも〝徒《ともがら》〟でもない。となると、外界宿《アウトロー》の関係者だろう。連絡員でも呼んだのだろうか。こちらが気配を隠《かく》す必要はない、それが抑止力《よくし》にも、なる、と考えて小細工《こざいく》抜きで来たことが裏目《うらめ》に出てしまったらしい。まさか到着する寸前に、そちらの関係者に出くわしてしまうとは思わなかった。

（なかなか、思い通りには行かぬな）

行く先、最終的な邪魔立《じゃまだ》てはともかく、こちらの真意を見極《みきわ》めるまで迂闊《うかつ》に手を出してはこまい、と予測はしている。ただ、時間はできるだけたくさん欲しかった。ここで不《ふ》確定な何者かに、不用意な事前通告《つうこく》で騒ぎ立てられて、徒《いたずら》に警戒心《けいかいしん》を煽《あお》られるのも面倒《めんどう》だった。

（始末《しまつ》するか）

電車がすれ違う瞬間《しゅんかん》に封絶《ふうぜつ》を張って、中で動いているはずの何者かを消し去れば良い。

（待て）

それはいけない……いや、止めておこう。

（目的は一つだ、瑣末《さまつ》な事柄《ことがら》にかかずらうこともあるまい）

どちらにせよ自分の現状を見れば、彼女らは当面、静観《せいかん》の構えを取るはずである。先に手を出して、連絡員を始末したことが万《まん》が一《いち》にでも知れれば、欲する猶予《ゆうよ》を自ら放り捨てる、遭遇《そうぐう》即《そく》開戦、という事態を招いてしまう。それは本末転倒《ほんまつてんとう》というものだった。

（そう、それに）

自分が鋭敏《えいびん》な知覚を持っていることを知る彼女らは、眼前を通り過ぎる連絡員を見逃した、と理解するだろう。その連絡員からの急報は逆に、当面、危害《きがい》を加える意思はない、というアピールにもなる。やはりここは、放置しておくのが一番だった。

（と、いうことだそうだ）

誰にでもなく思う眼前、窓の外を電車が通り過ぎてゆく。

十秒あるかないかの殺しの機会は去って、奇妙《きみよう》な安心感が胸中《きようちゆう》に満ちた。

（やれやれ）

溜《た》め息を吐《つ》いて眺めやる先に、

「！」

随分《ずいぶん》と久方《ひさかた》ぶりに思えるものが、低い住宅地越《ご》し、遠くに見えた。

御崎《みさき》市の中心を分かつ真南川《まながわ》に架《か》かった大《だい》鉄橋・御崎大橋《おおはし》の、A型主塔《しゆとう》。

それが二つ並んで、自分を出迎えている。下に目線《めせん》を転ずれば、既《すで》に見慣れた、市西部の住宅地が広がり、ゆるりと流れていた。

（帰って……来た）

感慨《かんがい》深く思い、そして新たに念じる。

（旅立つために）

ここに混じって、生活を送っているだろう母、友達、そして――彼女らへと、

（帰って、来たよ）

心だけで呼びかける。

眼前の景色が河川敷《かせんしき》になって、真南川を渉《わた》る。

市の南西の端《はし》から住宅地を斜めに北上、真南川を渡って御崎市駅に到達するこの路線を、来訪者として、また帰還者《きかんしや》として、進む。

耳に、聞き慣れているような、そうでないようなアナウンスが響《ひび》いた。

《間もなく〜、御崎市、御崎市で〜ございま〜す》

何者か、新たな〝紅世の徒《ぐぜのともがら》〟が接近している。

その急報を受け、即行即席《そっこうそくせき》の作戦会議と佐藤家《さとうけ》の庭に集った一同《いちどう》の中、

「吉田一美《よしだかずみ》、そなたはどうする？」

とアラストールに問われて、吉田一美は返答に窮《きゅう》した。

（私、は……）

今までも幾度《いくど》か、巻き込まれたり飛び込んだりしたが、改めて気付けば、彼の関わらない戦いというのは、目の前のこれが初めてだった。

「選択肢《し》は、田中栄太《たなかえいた》氏とともに旧依田《きゅうよだ》デパートで『玻璃壇《はりだん》』の監視《かんし》に当たること、今からできるだけ遠くにはなれること、この二つであります」

「後者推奨《すいしょう》」

ヴィルヘルミナとティアマトーが至極妥当《しごくだとう》な流れとして言い、

「ま、関係者たあ言っても、嬢《じょう》ちゃんにゃ命張《は》るだけの理由はねえからな。俺たちゃなんとも思わねえ、早えとこ避難しとくこった」

マルコシアスがこれを補強する。

田中《たなか》も、吉田《よしだ》から見て分かるほどに青ざめた顔で言い、

「それがいいって、吉田さん。どんな奴《やつ》が来るか分かんないんだ、意地張《いじは》ってここにい続けることなんか、全然ないぞ」

震える足で、自分の役割を果たすべく踏ん張っていた。

いっそのこと、彼に吉田を遠くへ逃がす役目を託そうか、と考えていたマージョリーは苦笑《くしょう》して、少女の方だけに行動の選択を迫る。

「皆言ってるけど、無理しなくてもいいのよ？　正直、いてもらったところで戦いの役に立つとは思えないし、それも、こんな状況じゃ使いようがないでしょ」

軽く指で指したのは、部屋着《ぎ》に羽織《はお》った上掛けに隠されて、見えないもの。

吉田が首にかけている、ギリシャ十字のペンダントである。

マージョリーの言う通り、彼女が唯一《ゆいいつ》〝紅世《ぐぜ》〟の側の力を振るうことができる宝具《ほうぐ》『ヒラルダ』は、ただ使えば良いというだけのものではなかった。彼女だけが知る発動の条件も、いざ使った後の効果も、一人の少年がいて初めて、効果を持つものなのである。彼の失踪《しっそう》した今の状況におけるこれは、ただの飾りに過ぎなかった。

「私は……」

吉田は、上掛けの襟元《えりもと》へと、答えを押し出すように手を沿える。抑えて、なにも言わない少

女、この場に自分を連れてきてくれた少女に、目をやった。返ってくる視線は、試しているように挑戦的《ちょうせん》であり、また労《いた》わるように優しくもある。

「……残ります」

ぐっ、と顔を上げて、吉田は言った。

「もし田中君の手が回らないようなことがあったら、どんな小さなことでも手伝います。それに、今の時期にやってくるんだから、無関係とは思えません」

一同、特にフレイムヘイズらは、少しだけ感心した。確かに今の状況で、これまでの事件と全く無関係な〝徒《ともがら》〟が偶発的にやってくるという事態は考えにくい。

見た目には怯《おび》え、動揺《どうよう》していても、考えるべきことは考え、賭《か》けるべきことを賭ける、そんな心構えが、少女にはできていた。

「今、逃げたら……私は本当に、踏み込んだはずの場所から放り落とされてしまうような気がするんです。私、それだけは、絶対に嫌です」

宣言とともに、吉田は胸の『ヒラルダ』を強く、強く、握り締めた。

（――『それでも、良かれと思うことを、また選ぶ』――）

御崎市《みさきし》駅のホームに下りた。

雑踏《ざっとう》の流れから外れて、長細いそこを、なんとなく歩く。

(すっかり、きれいになったな)

一度破壊《はかい》され、新築された駅舎《えきしや》は、どこもまだ真新しい光沢《こうたく》を放っていた。

旧《きゅう》駅舎は、そこに取り付き、大規《だい》模な逆転印章《アンチシール》の起動《きどう》を謀《はか》った『お助けドミノ』を撃退《げきたい》するため、周囲の橋 脚《きょうきゃく》や〝探耽求究《たんたんきゅうきゅう》〟ダンタリオン教授を乗せた怪物《かいぶつ》列車もろとも、完膚《かんぷ》なきまでに叩《たた》き潰《つぶ》されたのだった。

破壊の光景は直接見ていなかったが、その『跡地』となった無残《むざん》な様《さま》は、よく覚えている。

もし封絶《ふうぜつ》の外で〝紅世《ぐぜ》の徒《ともがら》〟とフレイムヘイズが戦えばどうなるか、という恐怖とともに。

(あれで人死《ひとじ》にが出なかった、というのは奇跡《きせき》と言うよりないな)

思いつつ、幾《いく》つかホームを越えた壁の向こう、駅の東側を見やる。

自分たち御崎《みさき》市の住人が、駅向こう、と呼んでいるそこは、所謂《いわゆる》ビジネス街で、新旧《しんきゅう》多くの無味乾燥《かんそう》なオフィスビルが立ち並んでいる。

その一角《いっかく》に、一際《ひときわ》高く新しい、全面ガラス貼《ば》りの高層ビルが立っている。

御崎アトリウム・アーチ《アトリウム》である。

内部に全層《ぜんそう》吹き抜けの半屋外空間を持ち、そこに渡された四本の渡り廊下からなる美術館を始め、上層部の飲食店街《がい》、中層部のホテル、下層部のオフィス等を備える複合《ふくごう》施設だった。

(たしか、あそこで吉田《よしだ》さんと初めてデートしたんだっけ)

一緒に見た展示品は……なんだったか。その後に起きた出来事が強烈過《す》ぎて、よく覚えていない。なにしろ、最初の戦いを辛《かろ》うじて生き延び、今後どうすればいいのか、道も定まらず漫《まん》然《ぜん》と過ごしていた日常の中で、再び〝徒《ともがら》〟に出くわしたのだから。

老紳士《ろうしんし》の姿をした〝屍拾《しかばねひろ》い〟ラミー。

（いや、〝螺旋《らせん》の風琴《ふうきん》〟リャナンシー、なんだっけ）

御崎市にトーチを集めようと立ち寄った、その〝徒《ともがら》〟を追って現れたのが、フレイムヘイズの中でも戦闘狂《きょう》として知られる『弔詞《ちょうし》の詠《よ》み手《て》』マージョリー・ドーだった。

（最初は、本当に恐い人だったな）

佐藤《さとう》や田中《たなか》が巻き込まれていた、彼女を親分と慕《した》っていた、と当時は知らなかった。戦いに際して、ただ只管《ひたすら》に怒りと憎《にく》しみをぶつけてくる恐ろしい姿は、使命一筋《ひとすじ》、生真面目《きまじめ》に生きる、あの子とは対照《たいしょう》的な、しかし後から聞いた事情で納得《なっとく》した、まさに典型《てんけい》的なフレイムヘイズのものだった。

（今にして思えば、よく未熟者《みじゅく》二人で、あの人を押さえ込めたもんだ）

思わず苦笑《くしょう》が漏れた。

いつしか、次の電車を待つ人で多くなったホームから、階段を下りる。スッキリと綺麗《きれい》になった自動改札を潜《くぐ》ると、これも新しく増設された駅ビルとの連絡通路《つうろ》が見えた。

ここを北に抜ければ、駅の新築に合わせて作られたショッピングモールに出る。

（数ケ月の鍛錬《たんれん》と幾つかの戦いを越えて、少しはマシにやれた、かな）

クリスマス・イブに起きた、この街での最後の戦い。自分を餌《えさ》に利用して、フレイムヘイズを一網打尽《いちもうだじん》にしようとした［仮装舞踏会《バル・マスケ》］の捜索猟兵《イェーガー》〝聚散《しゅうさん》の丁《てい》〟ザロービと、

（もう一人の巡回士《ヴァンデラー》……）

少し考えて、ベルペオルの説明から思い出す。

（たしか、〝吼号呀《こうごうか》〟ビフロンスだ）

そして、その二人を危うくも倒した瞬間《しゅんかん》、現れた真打《しんうち》——殺し屋〝壊刃《かいじん》〟サブラク。

戦いに艱苦《かんく》は付きものだったが、だとしても、あれほど大《だい》規模に破壊を撒《ま》き散らし、かつ厄《やっ》介《かい》な手管《てくだ》を使う敵もいなかった。事前の備えがあって、連携を密にし、互いに機転《きてん》を利かせ、逃げずに踏み止《とど》まることで、辛《かろ》うじて撃退《げきたい》に成功した、まさに難戦《なんせん》だった。

しかし、それよりもなお、強く溢《あふ》れるのは、一つの気持ち。

（ごめん）

ショッピングモールの出口で自分を待っていたはずの、二人の少女のこと。

（本当に、ごめん）

自分が送り返させた、二人からの手紙は、無事に届いているだろうか。今は去らねばならない、消えねばならない、しかしここに在るという、自分からのメッセージとして。

ベルペオルは、即座《そくざ》に手配した、翌日《よくじつ》には届いているだろう、事情を何一つ知らない人間だ

から足がつくこともない、と請合《うけあ》っていたが……。

（まあ、彼女は無駄な嘘《うそ》は吐かないだろうけど）

一人、納得《なっとく》して、駅ビルから出る。

（それに、もう、どうでもいいことだ）

駅の出口から一直《いっ》線に延びる大通り、広がる自分の故郷《こきょう》、御崎《みさき》市を望んだ。

（こうして今、ここに、余《よ》は来たのだから）

思って、踏み出す。

人に交じり、多くの人とすれ違う。

駅舎《えきしゃ》と共に新築された広場に、小さな時計搭《とう》が見えた。その向こう、機能的に再《さい》整備された
バスターミナルを、まさしく溢れるように人が行き来する。

次々と入ってくる車の中、派手《はで》な赤いバスの路線表示板《ひょうじばん》に、一つの施設名《めい》が見える。

大戸《おおと》ファンシーパーク。

吉田《よしだ》と二人でデートに出かけた遊園地だった。

（懐《なつ》かしいな……吉田さんと一緒に行ったのは、いつだっけ？）

あの時は、自分を消そうとした『万条《ばんじょう》の仕手《して》』ヴィルヘルミナ・カルメルとの間でいざこざ
があり、折りよく帰宅していた父に助けてもらっている。着ぐるみの中は死ぬほど暑かったよ、
今度はもっと快適な作戦を立ててくれ、と後に笑って注文を付けられた。

（そう、夏だ）

山の斜面にある木陰で、美味《おい》しいカツサンドを食べさせてもらったことを思い出す。当時の自分は、なにもかもを決めかね、ただ好意を向けてくれる少女の優しさに甘えていた。

（まったく、厚顔無恥《こうがんむち》、ってやつだな）

残酷《ざんこく》な幸福に無《む》自覚だった頃を、呆《あき》れつつも偲《しの》ぶ。

戦いの中に飛び込むことへの恐れ、故郷《こきょう》を出ることへの躊躇《ちゅうちょ》、人間として悲喜を抱ける温かさ、穏《おだ》やかに過ぎ行く日々の愛《いと》おしさ……ここで抱いた全てが心から大切に思えるのは、皮肉《ひにく》にも、行くべき道と留まりたい場所、双方の間で迷いに迷い、悩みの材に供するように見つめ続けていたからだった。

今という時なればこそ、それらの尊さを、人間の側に引き留めることで教えてくれた少女、この街で共に過ごし、いつしか日常の象徴となっていた少女、吉田《よしだ》一美《かずみ》への敬意《けいい》を込めて、ハッキリと言える。恐れに躊躇、温かさに愛おしさ、迷いに悩みまで、何もかもを抱いて、家族や皆と過ごすことのできた〝ミステス〟の日々は――楽しかった、と。

（そうした日々も、全ては）

駅前の変わりかける信号を早足に渡って、少し歩いた先にある通りの入り口を横切る。

（ここから、始まったんだ）

そこは、レストランや飲み屋の立ち並ぶ繁華街《はんかがい》。相変わらず人通りが多い。

夕日が溢《あふ》れ出したかのような深い赤で視界《しかい》が満たされ、封絶《ふうぜつ》の中に囚《とら》われた、あの日。

それまでの日常が呆気《あっけ》なく燃え落ちた——否、燃え上がり、変わったのだった。

夕の揺らぎを利用して封絶《ふうぜつ》を張ったのは、自分を襲《おそ》った二体の〝燐子《りんね》〟。

危うく助けに入ってくれたのは、『炎髪灼眼の討ち手《えんぱつしゃくがんのうちて》』の少女。

魔神《まじん》〝天壌の劫火《てんじょうのごうか》〟アラストールの契約者が持つ称号《しょうごう》以外に固有《こゆう》の名を持たず、同業と区別するために、『贄殿遮那《にえとののしやな》』のフレイムヘイズ、という記号だけを持っていた、少女。

（本当に物扱《あつか》いだったな、あの頃は）

自分は既《すで》に死んでいる、どころか死んだ自分の残り滓《かす》から作られた紛《まが》い物でしかない、と理解できず（それは普通そうだろうと、今でも思う）、沸き立つ感情のまま食い下がって、少女を苛立《いらだ》たせた。待ち受けるものを知らず、自分以外に気を向ける余裕《よゆう》もなかった。

（気取った言い方になるけど、本当にあれは、運命の出会いだったんだ）

少なくとも自分にとっては、間違いなく、そうだった。

（あの光景までは、まだ少々時間があるか）

大通りから頭上を一望《いちぼう》して、思う。

今日の空は澄《す》んで、流れる雲も疎《まば》ら。

良い夕日を見ることができそうだった。

繁華街には入らず、雑踏《ざっとう》の流れるまま大通りを西に向かう。その中、駅が破壊されてからしばらく、ここが歩行者天国《てんごく》だったことを思い出した。

（たしか、皆とガードレールに座って、ジュースなんか飲んでたっけ）

大通り全体に人が溢《あふ》れ、オープンカフェから露天商《ろてんしょう》、ストリートミュージシャンまでが混沌《こんとん》と溶け合った、日常にある非日常の光景は、未だに不思議《ふしぎ》な感興《かんきょう》を呼び起こさせる。

友人たちと何度も飛び込んで過ごした、そのほんのひと時の、毎日がお祭りのように思えた光景は今、行き交う車の列に敷かれて消え失せ、人々の記憶《きおく》の中にしかない。

一抹《いちまつ》、感じた寂しさを打ち消すように、別の思い出を振り返る。

（清秋祭《せいしゅうさい》のパレードは、ここを往復したんだよな）

一年生のクラスから選ばれた『クラス代表』が数人ずつ、仮装《かそう》して駅前まで往復するルートを練り歩いたのだった。自分たち七人も、それぞれの格好《かっこう》で、スポンサーの看板を担《かつ》いで。

そこから、学校に泊まりこんで準備に当たった高揚感《こうようかん》、当日の目の回るような忙しさと弾《はじ》けるような爽快感《そうかいかん》、祭りの最中《さなか》に現れた〝彩飄《さいひょう》〟フィレス急襲《きゅうしゅう》による危機《きき》感、閉幕式《へいまくしき》で立て続けに起きた衝撃《しょうげき》的な戦いの恐慌《きょうこう》まで、思いは勝手《かって》に流れた。

自分の正体が漠然《ばくぜん》と知れ、不安が許容《きょよう》の限界まで膨《ふく》らんだ、最悪の時期まで。

（まったく、どこまでこの体は……）

仕掛けた者、仕掛けられた者、そこに巻き込まれた者、全てが入り組み交じり合って、実は未だに完全解明《かいめい》を見ていない、不気味《ぶきみ》なブラックボックスたる宝具《ほうぐ》『零時迷子《れいじまいご》』。

今にして思えば、よくもまあ、こんな隣《となり》に在る不可解《ふかかい》な物に、好意を持ってくれたり、親しく付き合ってくれたりしたものだった。

（そういえば）

いつか、言われた。

（——「佐藤啓作《さとうけいさく》も、田中栄太《たなかえいた》も、吉田一美《よしだかずみ》も、おまえが人間じゃないっていう真実を知っても、その真実に対応する術《すべ》を持ってない」——「真実がなんであれ、それまでと同じで不都合《ふつごう》がないものは、そのまま惰性《だせい》で流れ動いていく」——「おまえが今日感じた、いつもの日常、いつもの風景、いつもの友達。それを、寒々しさとよそよそしさが、削《けず》ってゆく」——）

いつか、言い返した。

（——「でも、全部知って、認めてくれた皆は、この惰性の日々が終わるときに」——「寒々しさとは違う、なにかを僕にくれると思う」——）

結局、どちらが正しいのか確かめる前に、自分の方から飛び出してしまった。

彼らが今の自分の在り様《よう》を知れば、寒々しさやよそよそしさどころではない気持ちを抱くだろう。それは怒りや悲しみだろうか。それとも拒絶《きょぜつ》反応だろうか。

確かめるつもりでもなく、大通りから北に道を折れる。

大通りの喧騒《けんそう》が程《ほど》なく消えるそこは、道路以外を丸ごと覆《おお》う塀《へい》と大きな門、という邸宅《ていたく》ばかりが並ぶ閑静《かんせい》な地区。御崎《みさき》市における地主階級《かいきゅう》だった人々が集住《しゅうじゅう》する、通称《つうしょう》『旧《きゅう》住宅地』だった。ここから少し奥に入ったところに、佐藤啓作《さとうけいさく》の家があるはずである。

（佐藤の奴《やつ》、もう転校したのかな）

広くて豪華《ごうか》でなんでもある彼の家には、マージョリーが居候《いそうろう》していることもあって、日常にイベントのある時、非日常に事件のある時、事ある毎《ごと》に集っていた。気取らない家主《やぬし》の性格と相俟《あいま》って、居心地《いごこち》のいいそこは、皆の広場だった。

（田中《たなか》は、どうしてるんだろう）

その中に在った、しかし中途《ちゅうと》から外れた友人のことを思う。彼もこの近くに住んでいるはずだが、生憎《あいにく》と家には行ったことがない。だいたい行ってどうする、今の彼には迷惑《めいわく》だろう、むしろそっとしておく方がいい——と、探さず角《かど》を西に折れ、旧《きゅう》住宅地から出た。

（マージョリーさんを、無駄《むだ》に刺激《しげき》しない方がいいだろうし）

考えて、すぐにおためごかしと、笑って打ち消す。

（気付かれてないわけがない、気配《けはい》をまったく隠《かく》してないんだから）

少し歩くと、真南川《まながわ》の土手《どて》に行き当たった。

階段を探さず、軽い二、三歩の足取りで、草の急《きゅう》斜面を駆け上がる。

（雨上がりだったらな……あ、でも早朝の、太陽がない空でないと駄目《だめ》なのか）

河川敷《かせんしき》を見下ろして、いつか見た二倍に広がる青空、その感動を胸に呼び覚ました。

（もっと、知ることができるように……なったんだろうか）

　同じ河川敷でも、こうして場所や時間ごとに、眺《なが》めは違っている。かつて見てきた多くの景色とてそれは同じ、とこうなってから気付いた。景色は世界を映す鏡《かがみ》として、時とともに流れ、変わり、移ろい行く。知っても、知っても、未知の眺めは減らず、尽きないのである。

（あの時の景色も、あの時《とき》一度きりのもの、ってことだ）

　今の、冴《さ》えない真昼の光景でさえも、その一つなのだろう──と歩きながら思った。

　時には早朝の鍛錬《たんれん》でしごかれ、時には皆と寄り道して歩き、時にはミサゴ祭りの中をうろついた、それぞれの光景を改めて思い出し、心の底にしまう。

（光景を、知る、か……あのとき、吉田《よしだ》さんがこちら側を覗《のぞ》いたりしなければ、吉田さんの光景はもっと穏《おだ》やかな、静かなものでいられたんだろうか？）

　しかし、覗《のぞ》くことを選んだのは、他ならぬ吉田一美《かずみ》自身だった。

　ミサゴ祭りの直前、調律師《ちょうりつし》たる古きフレイムヘイズ、不届《ふとど》き極まる怪物《かいぶつ》『儀装《ぎそう》の駆《か》り手《て》』カムシンと出会った彼女は、増大していた御崎市の歪《ゆが》みを均《なら》す『調律』への協力を求められ、同行する中で、一つの宝具《ほうぐ》を借り受けた。

　片眼鏡《モノクル》『ジエタトゥーラ』──『この世の本当のこと』を見通すことのできるそれが、ミサゴ祭りの中、まだ日常へと引き返すことのできた彼女の退路《たいろ》を、完全に打ち砕いた。

　彼女は、恋した少年が、既《すで》にトーチと成り果てていたことを、知ってしまったのである。

（でも、それでも、彼女は）

全てを知った上で、

（――「今ここにいる坂井君が、人間だってことを、私は知ってます」――「こんなに温かい。身も、心も」――「私は、そんな坂井《さかい》君が好きなんです」――）

そう、言ってくれた。

（今ここに在るモノは、何者なのか）

こうなっても自身、答えに時を費やす問いを、彼女は想いだけを拠《よ》り所に答えた。

飛び込んだ過酷《かこく》な場所でそう答えることのできた強い力に、心からの感銘《かんめい》を受ける。

歩く先に、井之上原田《いのうえはらだ》鉄橋が見えてきた。

（そう認めてくれた吉田さんだけじゃない、父《とう》さんも）

衒《てら》いなく言える、世界で最も尊敬《そんけい》する人間である父・貫太郎《かんたろう》と、ここを渡ったときのことを思い出す。人間としての身は、現実としてとうに死んでいる。しかし、母・千草《ちぐさ》に新たな命が宿ったことを知った父は、言ったのである。

（――「ちゃんと話せる男になってるように見えたんでな」――）

父とは、その数ヶ月前にも会っている。既《すで》に残り滓《かす》だった息子《むすこ》の正体を知らず、二度。双方《そうほう》の時点を見比べて、決してお世辞《せじ》を口にしない父がそう言った……ということは、

（成長が、事実としてあったんだ）

ただ漫然《まんぜん》と暮らして、身に付いたものではない。父の指摘《してき》した成長は、様々な危機や苦難《くなん》を

超えた経験と、超えるため身に付けた力に裏打《うらう》ちされたものと言えた。

（それを、母《かあ》さんを助けることに生かせないのは、残念だけど）

新たな命、喰い滓でしかない自分に代わって両親の傍《そば》にいてくれる弟か妹ができたことで、自分は出てゆく決意を固められた。とはいえ、これから大変になるだろう母の生活を手伝ってあげられないことには、小さくない胸の痛みを覚える。親不孝《おやふこう》、の言葉が重かった。

（ごめん、母さん……でも、もう変わってしまったんだ）

橋を渉《わた》りきった土手《どて》の上から、遠くの町中《まちなか》にポツンと一つだけ盛り上がった濃緑《のうりょく》の塊《かたまり》、御崎《みさき》山が見える。皆と出かけ、花火をしたり夜景を眺《なが》めたり、少女の弁当を突きつけられたりした御崎神社《じんじゃ》が、その中腹《ちゅうふく》にチラリと覗《のぞ》いていた。

たしか、自分が鍛錬《たんれん》次第で変われる、と初めて告げられたのは、あの日の帰り道だった。

（――「あなたはもう、人間を超えられる」――）

告げられた直後は、人間ではないと認めること、人間ではないものに変わること、双方への恐れを抱いたはずである。それがいつの間にか、消えていた。

成長する先に、何度も脳裏《のうり》に思い描き、何度も力足《た》らずと断念《だんねん》してきた終着点《しゅうちゃくてん》、あるいは新たな出発点が、日常との決別という辛さの彼方《かなた》に、明確な形で輝き始めたからである。

フレイムヘイズの少女と旅立つ、自分の姿として。

（あの時はまさか、こんなことになるなんて思いもしなかったな）

土手《どて》を降りて、御崎市《みさきし》西側の住宅地へと少し入ってゆくと、広い公園に行き当たった。

(何より、あの時に抱かされた想いがあったからこそ、ここに在る)

帰り道で抱かされた感情は、恐れだけではなかった。

決別の辛さを乗り越えさせる力となった。もう一つのそれは、戸惑《とまど》い。

フレイムヘイズ『炎髪灼眼《えんぱつしゃくがん》の討《う》ち手《て》』が、一人の少女として自分と向き合ったことへの戸惑いだった。少女の信頼される戦友《せんゆう》であろうと努めてきた、少女をそういう対象として見ることを戒《いまし》めてきた、そんな自分の盲《もう》が啓《ひら》かれた瞬間《しゅんかん》でもあった。

好きになってもいい。

(そんな当たり前のことに気付くまで、何ヶ月もかかるなんて)

己《おのれ》の愚《おろ》かさに失笑《しっしょう》が漏れる。

(好き、と思えるだけの欠片《かけら》は、日々の中で積み重なっていたはずなのに)

踏み入った公園の、冬枯《ふゆが》れの枝が空を掻《か》く並木《なみき》道《みち》の先——噴水《ふんすい》広場の端《はし》にあるベンチで過ごした一時も、その一つ。ここで、彼女がメロンパンを美味《おい》しく頬張《ほおば》る横顔《よこがお》、満面の笑《え》みを見ていた。見て、確かに、胸に抱くものがあった。

(そして……どこよりも、この場所で、無数に)

公園を抜けて大通りに出た向かい側に、何一つ変わらず佇《たたず》んでいる。

市立《しりつ》御崎高校。

古びて狭い、ただの校舎。

（ああ）

この光景には、もう言葉らしい言葉が浮かばない。

ただ、喜びとも寂しさとも付かない、胸に響《ひび》く万感《ばんかん》だけがあった。

まるで誘われるように、変わるのが遅い信号を渡る。今在る自分の大部分を作った場所を確かめるように、しかし入りはせず、塀沿《へいぞ》いに外を歩いた。ここで何をしてきたのか、考えれば考えるだけ、まさに止め処《ど》なく思いが溢《あふ》れ出してくる。

（春も、夏も、秋も、冬も、ここで過ごした……本当なら、もう二年と少し、ここで）

過ごした日々は、あまりにも鮮烈で、どこまでも心地《ここち》よかった。二度と戻らず、二度と来ることのないあの日々が、浮かんでは消えてゆく。

西側の塀沿いを行くと、商店街の東口が見えた。

（……）

買い物客《きゃく》で賑《にぎ》わう商店街の向こう側、見えるところからさらに数十、屋根を越えた場所に在るはずの光景へと、目線《めせん》をやる。先とは逆の、どう言えばいいのかが分からない、悲しさと苦しさの、目線を。見る先には、よく知る少女、よく知る少年、二人の家があるはずだった。

誕生会で一度だけ訪れた、吉田《よしだ》一美《かずみ》の家。

小さい頃から何度も遊んだ、池速人《いけはやと》の家。

自分に好意を向けてくれたあの少女は、今の自分を見てどう思うだろうか。

(これこそ、未練《みれん》……かな)

自分の変化を何も知らないまま忘れた親友は、今どうしているのだろうか。

(考えても意味がない、か)

今となっては、足を向けることなどできなかった。

(もし、出くわしたりし——)

思う前方、学校の塀周《へいまわ》りをジョギングする一団が見えた。

「!」

その中に一人、見覚えのある少女が混じっている。

容貌《ようぼう》は『可愛《かわい》い』と言うよりは『格好《かっこう》いい』、体躯《たいく》はすらりとした長身、笑うときは弾《はじ》けるように、怒るときは爽《さわ》やかに、恥じらうときは微笑《ほほえ》ましく、行動するときは思い切りよく、名前の通り、竹を割ったような性格の——クラスメイトだった、緒方真竹《おがたまたけ》。

「御崎《みさき》ぃーっ、ファイッ!」『ファイッ!』「ファイッ!」『ファイッ!』「ファイッ!」『ファイッ!』「御崎ぃーっ、ファイッ!」『ファイッ!』「ファイッ!」『ファイッ!』——

一人ずつ順番に掛け声をかけて、全員で大声で唱和して、彼女の所属する女子バレー部らしき生徒たちは、寒風の中を駆け抜けてゆく。

「……」

傍《かたわ》らを通り過ぎる刹那《せつな》、緒方と目が合った。

が、
それもすぐに逸《そ》れて、横顔《よこがお》となり、後姿《うしろすがた》になる。

彼女はなにを態度に見せることもなく、恐らくは感じることも気に留めることもなく、角《かど》を曲がれば忘れるだけの出来事として、当たり前に通り過ぎ、駆け去っていった。

全て予想されたこと、分かっていたはずのこと。

それでも、胸は痛かった。

仕様《しよう》がなく、笑ってみる。

「……ふふ」

笑顔は、こういうときにも使えると、ようやく気付けたように、笑った。

胸の痛みは和らがないことも、分かっていたが、それでもなお、笑った。

そうして、高校の裏から、逸れた。

東に折り返す。

その途上にある場所に、ギリギリまで行くかどうか、迷った。

(今《いま》行って、どうするんだ)

緒方とのことだけで、もう沢山《たくさん》だった。

この上、さらに辛《つら》い確認をするのか。

（どう、する？）

分かれ道、大通りから分岐《ぶんき》した副道に行き当たった。

片や、ここを渉《わた》って、真《ま》っ直《す》ぐ進めば、そこに到る。

片や、道沿いを北東に進めば、当面の目的地に着く。

（今、顔を合わせても、意味がない）

会いたい気持ちとは裏腹《うらはら》に、爪先《つまさき》が道沿いを向いた。

気持ちの強さが、結果への恐怖をより抱かせていた。

分かっていても、その恐怖には屈するしかなかった。

まだ、帰ることはできない。

（会うのなら、なにもかもが終わってからだ）

採るべき道は、一つだった。

歩く道は、北東に向かって伸びる。

やがてそれは、東西御崎市《みさきし》を結ぶ交通の要衝《ようしょう》へと繋《つな》がった。

真南川《まながわ》に架《か》かる大《だい》鉄橋・御崎大橋《おおはし》。

両脇に備えられた人通りも盛んな広い歩道、片側三車線《さんしゃせん》の広い道路、中央分離帯《ぶんりたい》から伸びる太いケーブル、それらを前後に繋《つな》ぐ巨大な二つのA型主塔《しゅとう》……。

今のような境遇《きょうぐう》に陥《おちい》る前も後も幾《いく》百、千度となく通って、思い出すら埋もれるほどのそこを、渉《わた》るのではなく見るために、ゆっくりと歩いて、近付いてゆく。

西端《せいたん》、デジタル時計の下に立った。既《すで》に帰宅時間も迎えて、行き交う人々も多い。かつては眼前を過ぎる人々の多くに見えたトーチの灯《あかり》も、今は全く見かけられなくなっていた。カムシンが行った調律《ちょうりつ》によって大半《たいはん》は消え、残りも時の過ぎる間に燃え尽きたのだろう。

いつか見た、燃え尽きる灯を彷徨《さまよ》わせる異常な世界の光景を、思い出す。

街明かりの中に無数、混じっていた、〝紅世《ぐぜ》の徒《ともがら》〟の爪跡《つめあと》を。

(あれだけの数だ……『零時迷子《れいじまいご》』が転移《てんい》してきても不思議じゃない)

爪跡を残した〝紅世《ぐぜ》の王〟の本拠地《ほんきょち》は、ここからでも見える。

対岸、橋の袂《たもと》に立つ、市街地で最も高い高層《こうそう》建築・旧依田《きゅうよだ》デパート。

親《おや》会社の事業撤退《てったい》で放棄《ほうき》された廃《はい》ビルだった。

この上層階《かい》に潜《ひそ》み、御崎市で秘法《ひほう》『都喰《みやこく》らい』を発動せんと無数の人間を喰らい、トーチに変えていた〝狩人《かりうど》〟フリアグネ。備える奸智《かんち》と力量、持てる多くの宝具《ほうぐ》と〝燐子《りんね》〟による脅威《きょうい》は、思い返す度に、綱渡《つなわた》り以上の、奇跡《きせき》としか言えない勝利の際どさを感じさせられる。

(本当にちっぽけな……ただのトーチだったものな)

そんなちっぽけだった自分が奇跡の勝利を迎え、もう消えると思い込んで口にした言葉を、小さく呟《つぶや》いた。

「自分が何者でも、どうなろうと、ただやる」

今も言葉の字義《じぎ》ままに、変わらず生きていることを、認識《にんしき》する。

(あのときは、あの子のために)

出会ったばかりの頃、鉄橋の手すり上で踊った、少女の軽やかな姿態《したい》が脳裏《のうり》に蘇《よみがえ》った。

(今は——今も——)

ふと、衝動《しょうどう》に駆られて、手すりの上に飛び乗る。

あのときの、あの子のように。

踊りは知らない。だから、ただ子供のはしゃぐように、直下十メートルはあろうかという手すりの上を、周囲から向けられる好奇《こうき》の視線の中で、クルリと回って、ピョンと跳ねる。

(ここまで、来た)

橋の中ほど、A型主塔《しゅとう》の根元に来ると、強く一跳《ひとっと》び、人々の視線から消える。

(ここまでできるように、なった)

少年が消えたことに驚き騒ぐ人々を、上から見下ろした。

足の裏を主塔の壁面に着けて。

夏の始め頃、御崎《みさき》市は巨大な封絶《ふうぜつ》を張る〝紅世《ぐぜ》の徒《ともがら》〟の兄妹——〝愛染自《あいぜんじ》〟ソラトと〝愛《あい》染他《ぜんた》〟ティリエル、およびその護衛《ごえい》たる〝千変《せんぺん》〟シュドナイらの襲撃《しゅうげき》を受けた。

その際、彼らの力を支える中核《ちゅうかく》たる宝具《ほうぐ》が、この主塔上《じょう》に据《す》えられていることを、自分は知った。知って、しかしなにもできなかった。壁面、遥か頭上から始まるメンテ用の梯子《はしご》を、下からただ眺《なが》めることしかできなかった。
(せいぜいできたのは、すぐに見破られるような、ハッタリ一つだった)
今の自分は、平然とその場所にいる。
梯子に摑《つか》まるどころか、壁面に立つ姿で。
(でも、あの〝千変《せんぺん》〟の干渉《かんしょう》という行動があったからこそ、ここにいる)
別種の喜びが混じって、倍加《ばいか》はせず、ただ複雑になった。
壁面を、ゆっくり、一歩一歩、踏みしめるように上がってゆく。
いつしか日は傾き、血のような赤が、橋を、河川敷《かせんしき》を、御崎《みさき》市の全てを染めている。
その中を、ゆっくり、一歩、一歩、上がってゆけることが、たまらなく嬉《うれ》しかった。
(遠かった)
(でも、ここまで、来た)
世界から零《こぼ》れ落ちた自分が、ようやく、あの子のいる場所へと登ってゆけるようで。
日常から外れた長い道を辿《たど》って、この血のように赤い夕焼けの中で、再び巡り会う。
(ここまで、来たんだよ)
いつしか抱いていた、燃え上がる高揚《こうよう》を声に表して、呼びかける。
向かいの主塔上《じょう》に立つ、御崎高校の制服を着た、少女に向かって。
自分の付けた名を、どこまでも真摯《しんし》に、微笑《ほほえ》みながら呼びかける。

「シャナ」

「悠二《ゆうじ》」

未だ瞳《ひとみ》も髪《かみ》も黒いまま、シャナは向かいの主塔《しゅとう》の頂《いただき》に立つ少年に、答えた。

彼の身に、特別変わったところは見られない。姿形《すがたかたち》も、態度も、服装も、ごく普通。

しかしその、ごく普通の見かけが、尋常《じんじょう》ならざる存在感と違和《いわ》感を撒《ま》き散らしている。

シャナは理解していた。

今、肌《はだ》に痛いほど響《ひび》いている感覚が、〝紅世《ぐぜ》の徒《ともがら》〟と同じものであることを。

理解して、首肯《しゅこう》したくなかった。

眼前の少年が、既《すで》に元の彼ではなくなってしまったことを。

首肯したくなかったが、それでも、戦わねばならなかった。

彼が世を陽《ひ》に影に荒らして回る〝紅世《ぐぜ》の徒《ともがら》〟であるように、

彼女は、それを討滅《とうめつ》するフレイムヘイズだったからである。

できることは、黙って見つめ、少しでも開戦を遅らせることだけ。

代わりにその胸から、

「何者だ」

アラストールが端的《たんてき》かつ核心《かくしん》を突く問いを投げかけた。

両主塔《しゅとう》の間は数十メートル離れているが、人間を超えた者なら容易に会話も可能である。

そうと証明するように、悠二《ゆうじ》は笑いの奥に感慨《かんがい》をたゆたわせて、答えた。

「余《よ》を見紛《みまご》うとは悲しいぞ……〝天壌《てんじょう》の劫火《ごうか》〟よ」

声は少年のまま、口調だけを変化させた彼の意図を、アラストールは訝《いぶか》しむ。

「余、だと?」

翻訳《ほんやく》の自在法《じざいほう》『達意《たつい》の言《げん》』を瞬時《しゅんじ》に繰《く》って、その意図《いと》するところを探るが、分からない。

答えは不完全な形で、少年と見えるモノから放られる。

「いや……察せられぬのも無理はない、か。この世で発した声を、綴《つづ》った言葉を、余に遅れて渡り来たおまえは、直《じか》に聞いていないのだからな」

「なに?」

漠然《ばくぜん》と心中《しんちゅう》に湧《わ》く不安を、アラストールは戸惑《とまど》いの声として漏らした。

「貴様《きさま》、いったい――」

と、そこに、

「どーせ三眼《さんがん》のババアが作った玩具《おもちゃ》なんでしょ? ――あの〝銀〟を組み込んだ、ね!!」

マージョリーの声が、遠く割って入った。

マルコシアスも唸《うな》りを上げる。

「ったく性懲《しょうこ》りのねえ……今度こそ分捕《ぶんづか》まえて、洗いざらい吐かせてやるぜ」

悠二は、喧嘩《けんか》に逸《はや》ると見えて、実は自分を細かに観察している『弔詞《ちょうし》の詠《よ》み手《て》』を、

「恐らくは洗脳《せんのう》を受けた、あるいは何者かに意識を乗っ取られたようでありますな」

「所為《しょい》未熟《みじゅく》」

同じく、冷静に見えて、心の内に激しい怒りを隠《かく》すヴィルヘルミナとティアマトーら『万条《ばんじょう》の仕手《して》』を、それぞれ見やった。

正面に立つシャナと、丁度《ちょうど》三角形を描くように後方、左右の土手《どて》に立っている。

分かりきっていた周到《しゅうとう》な包囲《ほうい》に、苦笑《くしょう》が湧く。

「やっぱり、行く道ですれ違った連絡員から、通報されたのかな?」

また年相応《としそうおう》な口調《くちょう》に戻った、しかしらしくない自信に溢《あふ》れた様子《ようす》の少年に、マージョリーは先制《せんせい》攻撃として一言、事実を突きつける。

「ええ、ケーサクからね」

「!」

これには悠二も、本当に驚いた様子を見せた。マージョリーとしては、精神の動揺《どうよう》から洗脳を解く隙《すき》ができないか、という試みでもあったのだが、彼は重く、友人の行為を糾弾《きゅうだん》するだけである。

「連絡員……そういうことか……なんて危険なことを。この大きな戦いが起きる時期に、自分

から火の中に飛び込むなんて、軽率《けいそつ》にも程《ほど》がある」

「あんたが――」

マージョリーは逆に、あの若者のための怒りを覚え、思わず怒鳴《どな》っていた。

「あんたが、消えたからでしょうが！」

「‼　……そう、か」

事情を大筋察《おおすじ》したらしい少年は、沈痛《ちんつう》な面持《おもも》ちも僅《わず》か、強烈に笑う。

「佐藤《さとう》も、覚悟《かくご》を決めて自分の道を選んだんだな。なら、それを咎《とが》めたりはできない……いや、むしろ、あいつの選択を重んじて、喜ばなきゃいけないのかな」

友人を祝す彼を、今度は反対側の土手《どて》から遠く、

「随分《ずいぶん》と調子のいい物言いでありますな」

「驕慢不埒《きょうまんふらち》」

ヴィルヘルミナらが吐き捨てた。その心中《しんちゅう》には困惑《こんわく》が広がっている。

彼の見せる言動には、操《あやつ》られている、という自分のなさが感じられない。どころか、自身何らかの企図《きと》を抱き、確固《かっこ》とした意思の元で動いている、という自我《じが》の芯《しん》までをも感じさせられる。正直、得体《えたい》が知れず、不気味《ぶきみ》だった。

不気味な少年――そう、なにかを企《たく》んでいる坂井《さかい》悠二《ゆうじ》は、ここに在った頃のように謝る。

「すいません、カルメルさん」

謝って、それだけで終わらない。

「でも、これからやろうとしていることを実現するためには、それくらいの調子のよさ、意気込みが、絶対に必要なんです」

その声を受けてアラストールが再び、今度は操られる人形ではない、主体性を持った何者かへの追及を行う。

「貴様《きさま》は、坂井悠二なのか」

「ああ。余《よ》は、坂井悠二だ」

再び、奇妙《きみょう》な一人称で断言して、

「ただし、それはこの世における通称《つうしょう》。真名《まな》は当然、他にある」

別の調子で、自分の主体が何処《どこ》に在るかを明言せず、悠二は笑った。

「真名、だと？」

アラストールは不興《ふきょう》を覚える。

真名とは〝紅世《ぐぜ》〟における言わば本名で、アラストールであれば『全てを焼き尽くす』意をこの世の言語で〝天壌の劫火《てんじょうのごうか》〟と訳し、表明《ひょうめい》している（一方の『アラストール』は、この世において付けられた通称であり、各々《おのおの》の〝徒《ともがら》〟で由来《ゆらい》も付け方も異なる）。

特に彼は〝紅世《ぐぜ》〟の世界法則《ほうそく》を体現《たいげん》する存在、即《すなわ》ち『神』ということもあり、何らかの目的で作られたモノが真名を持つことへの拒否《きょひ》感情も強かった。

その作りモノである悠二《ゆうじ》が、クスリと笑う。

「誤解《ごかい》してるみたいだね」

それなりに長く付き合ってきた〝紅世《ぐぜ》〟の魔神《まじん》の心中《しんちゅう》を正確に察して、また口調《くちょう》を悠然《ゆうぜん》としたものへと変えて、説明する。

「余《よ》は、あの〝銀〟なる作りモノと同一の存在ではない。あれらは、余の意思をこの世で再現するための装置、その断片《だんぺん》の現れに過ぎん……対して、今ここに在る余は、真名《まな》を名乗る資格を、持っている」

「なんですって？」

「どういうことでぇ」

その正体に執心《しゅうしん》するマージョリーらの不審《ふしん》を、

「では、一体あなたは」

「誰何《すいか》」

眼前の脅威《きょうい》として警戒《けいかい》するヴィルヘルミナらの疑念《ぎねん》を背に、

「これを、見れば分かりますよ」

ただ正面、第一声から無言のままでいるシャナだけを見据《みす》えながら、悠二は微笑《ほほえ》む。

「この、炎《ほのお》を」

血の色を、僅《わず》か翳《かげ》らす夕焼けの中――その影が不意に、異様《いよう》な〝銀〟色を点《とも》し、

「封絶《ふうぜつ》」

声とともに、広大な一帯を埋めて、炎が湧《わ》き上がった。猛烈《もうれつ》な圧力と迫力《はくりよく》を伴ったそれは、地面に奇怪《きかい》な紋章《もんしょう》を結晶させ、頭上に陽炎《かげろう》のドームを形成する。

湧《わ》き上がった炎は、銀色ではなかった。

誰もが知識として知る、その色は、
全てを染め上げ塗り潰《つぶ》す、黒。


旧依田《きゅうよだ》デパートの上層階《かい》、玩具《おもちゃ》の山に囲まれた箱庭《はこにわ》で、

「ふ、封絶《ふうぜつ》か」

田中《たなか》が戦慄《せんりつ》の声を上げた。

御崎《みさき》市を精巧《せいこう》に象《かたど》った箱庭たる監視《かんし》用宝具《ほうぐ》『玻璃壇《はりだん》』に、奇怪な紋章が浮かび上がる。

いつ見ても、人間には怖気《おぞけ》しか呼ばない光景だった。

特に田中にとっては、封絶《ふうぜつ》それ自体が恐怖の体験を呼び起こしてしまう。それでも、

「吉田《よしだ》、さん……？」

まだ他人を気遣《きづか》えるほどの余裕《よゆう》があった。それとも、気遣《きづか》うべき他人がいるから、我を保っていられるのか。押し付けるべき佐藤《さとう》がいない今、ここに立っているように。

「大丈夫《だいじょうぶ》、です」

声をかけられた吉田《よしだ》は、全く大丈夫そうではなかった。

(無理もない、よな)

田中《たなか》は友人として気遣《きづか》い、箱庭《はこにわ》の中央、主塔《しゅとう》に点《とも》る灯火《ともしび》を見つめた。

これこそ、佐藤《さとう》が知らせてきた、御崎《みさき》市に接近する何者か——坂井《さかい》悠二《ゆうじ》だった。

フレイムヘイズ側の発する声は全て、田中の持つ付箋《ふせん》——封絶《ふうぜつ》の中でも動くための守り札でもある——越しに届いている。そこから、シャナの声で『悠二』と聞こえた瞬間《しゅんかん》、まさに崩れかけた吉田は、しかしなんとか、少なくとも見かけには堪《こら》えて、箱庭の一角《いっかく》に座っていた。

(本当は、走ってでも会いに行きたいんだろうな)

付箋の、相手の声が聞こえないという仕様《しよう》は、この場合良い方に転んでいるのか、それとも悪い方に転んでいるのか……悠二がなにを言い、なにを思って帰ってきたのかを、彼自身の言葉では伝えていない。フレイムヘイズたちにもよく分からないらしい、という程度には、会話の流れも把握《はあく》できた。どうやら、そして今の、封絶《ふうぜつ》。

(黒い、炎《ほのお》、なのか?)

直下から吹き上がっていく場面と直《じか》に遭遇《そうぐう》しても、闇《やみ》との区別がつかない、なにか根源的な恐怖を感じさせる、田中でなくとも初めて見るだろう、輝かない炎だった。

その不安からの脱出、事件の解決、友人の奪回《だっかい》を、少年は箱庭に三つ点る光に託す。

（姐《あね》さん、シャナちゃん、カルメルさん、頼みますよ……）

眼下広がる『玻璃壇《はりだん》』は、監視《かんし》用の宝具《ほうぐ》と言いながら、表示《ひょうじ》するのは人やトーチ、自在法《じざいほう》のみで、フレイムヘイズや〝徒《ともがら》〟は感知《かんち》できない。今、悠二を三角形に囲んで光点が見えているのは、マージョリーが各々に渡した付箋の効果である。

田中に課せられた役割は、この『玻璃壇《はりだん》』に怪《あや》しげな自在式《しき》か自在法が表示されたら即座《そくざ》に伝えることだったが、今のところ、封絶《ふうぜつ》以外に自在式の展開は示されていなかった。

細い目を血眼《ちまなこ》にして、主塔の上に在る光点の動静《どうせい》に注目する。

（なにやってんだよ、坂井……この街を、守りたいんじゃなかったのかよ）

友人が敵として帰ってきたという事実の悔《くや》しさと苦しさ、まるで自分だけが取り残されたような孤独感に、動揺《どうよう》からではない涙が零《こぼ》れそうになって、思わず袖《そで》で拭《ぬぐ》う。

（強くてすげえおまえが、なんで〝徒《ともがら》〟の手先《てさき》なんかに……こんな、こんな情《なさ》けなくて弱っちい俺でも、こうやって恐いのを我慢してやってるってのに、なんでだよ）

自分を囲む『玻璃壇《はりだん》』、御崎市を表す箱庭の中で、田中は守らねばならないものの大きさを、自分の小ささ頼りなさゆえに感じていた。その大事さも、同時に。

（俺なんか、今のこれで、もう一杯一杯《いっぱいいっぱい》だ）

街の一隅《いちぐう》にある、御崎高校を見る。

一時、悠二が緒方《おがた》に遭遇《そうぐう》したと聞いて肝《きも》を冷やした場所。

(お前たちとは違って、俺にはこれが大きすぎるんだ)

大事に思ったものを、意識する。

それは、自分を好きだと言ってくれた少女と、この街という、大きなもの。

(なんで、よりにもよって、こんなときに佐藤《さとう》の奴《やつ》は——)

不在の親友を、嫉妬《しっと》とともに思って、

(佐藤、は——)

己《おのれ》の背負う重さに苛《さいな》まれる中で、彼は不意に気付いた。

(佐藤は、出て行けた……なんで、出て行けたんだ?)

この苦しみを総身《そうみ》に受けていたからこそ、気付いていた。

悲劇を目にした、しない、というだけではない、自分と友人の差異《さい》が、どこに生じたのか。

それは親友が、この街を出ることができた、という行為にこそ示されていたのではないか。

本当に守りたいと願ったものが、今の自分と違っているのではないか。

彼が外界宿《アウトロー》という道を選んで、揺るがなかった理由は、そこにあるのではないか。

自分がそんな彼の姿に、激しい嫉妬を覚えた理由も、そこにあったのではないか。

(佐藤の、守りたいものは、まさか)

彼らが無邪気《むじゃき》でいられた頃、常々《つねづね》口にしていた言葉を、思い出す。

『マージョリー・ドーに付いて行く』

憧《あこが》れのままに自己鍛錬《たんれん》を行って、戦いが起これば駆けつけて、彼女の役に立とうと懸命《けんめい》に頑《がん》張《ば》ってきた。それほどに、彼女は少年らにとって魅力《みりよく》的な存在だったからである。

しかし、佐藤が見せた、あの落ち着いた態度の中に、かつて彼を暴走や狂騒《きようそう》に走らせた熱っぽさは、見出せなかった。

(俺は、それに、気付いていた?)

先に一歩を踏み出されただけではない。彼の在り様《よう》が変わったことを、彼に異なる理由が生じていたことを薄々にでも感じた、ゆえにこそ、あの嫉妬が湧いたのではないか。

今まで区別したことがなかった、意識に上らせることすらなかった、好きという言葉の中にある差異。田中《たなか》にとって、マージョリーと、例えば、そう……緒方《おがた》に対するものは、確かに違っている。憧れる気持ちが強烈過《す》ぎて、違いがあることなど考えもしなかった。

(でも、佐藤は)

もしかして同じなのではないか。

そこに、ようやく思いが至った。

(俺の、羨《うらや》ましい、ってのは、そういうことなのか)

佐藤啓作《けいさく》は、自分も憧れた力の象徴《しようちよう》たる女に、男として惚《ほ》れた。

そのために、だからこそ、躊躇《ちゆうちよ》なく街を出て外界宿《アウトロー》に飛び込む道を選べた。

田中栄太《えいた》は、そんな親友の姿に、同じ場所にいた少年として嫉妬を覚えた、と知った。

(だから俺は、こんなに悔《くや》しいんだな、畜生《ちくしょう》!)

確かに佐藤《さとう》は格好《かっこう》良い……しかし田中《たなか》は一方で、親友に対する、嫉妬《しっと》ではない反発を、少年として覚えていた。自分が震えるのは、大きなものを背負っているからだ、大切さを知っているからだ、と無理矢理《むりやり》に己《おのれ》を鼓舞《こぶ》した。それくらいは、自分も格好をつけたかった。

(姐《あね》さん、坂井《さかい》の奴《やつ》をふん縛《じば》って、帰って来た佐藤に見せつけてやりましょう)

青ざめる顔で、震える体で、田中栄太《えいた》は『玻璃壇《はりだん》』に目を落とす。

封絶《ふうぜつ》してからの長い沈黙《ちんもく》にどんな意味があるのか、彼は知らない。


「——」

在り得ないものを見たアラストールが、呆《ほう》けていた。

「アラス、トール……?」

シャナが沈黙の意味に気付いて、答えを促《うなが》した。

が、常なら返ってくる冷静な説明が、来ない。

マージョリーとマルコシアス、ヴィルヘルミナとティアマトー、いずれもが、眼前に現れた事象《じしょう》に心底からの意表《いひょう》を突かれて、茫然自失《ぼうぜんじしつ》していた。

夕焼けを黒い世界に塗り替えた悠二《ゆうじ》は、ふっ、とその身を浮かせた。

「これが、余《よ》の炎《ほのお》」

右腕を、まるで見えないマントでも引っ張るかのように、斜め前へと振り上げる。いっぱいに緊張《きんちょう》させた腕を、今度は大きく払うように真横《まよこ》へと払った。

瞬間《しゅんかん》、腕の周りに巻いた黒い炎が少年の全身を包み、また一瞬《いっしゅん》で消える。

宙に残されたのは、異形異装《いぎょういそう》へと変わった、何者か。

「そして、これが今在る、余の写し身」

身に鎧《よろ》ったのは、厚き凱甲《がいこう》、緩やかな衣《ころも》——全てが緋色《ひいろ》。

後頭から、髪《かみ》のように長々と伸びたのは——漆黒《しっこく》の竜尾《りゅうび》。

「称《しょう》して余……〝祭礼《さいれい》の蛇《へび》〟坂井悠二」

異装に変わった少年を宙に見上げて、アラストールはようやく名乗りをなぞる。

「——〝祭礼《さいれい》の、蛇《へび》〟？」

なぞってから、

「っ〝祭礼《さいれい》の蛇《へび》〟だと!?　馬鹿なっ!?」

言語の示したものを許容《きょよう》できず、叫んでいた。

一方のシャナは、事態の推移《すいい》を飲み込めないまま、その真名《まな》の意味するところを、ゆっくり確かめるように呟《つぶや》く。

「……『創造神《そうぞうしん》』……」


はるかな太古《たいこ》。

この世に渉《わた》る方法が見出されてから、無数の"紅世《ぐぜ》の徒《ともがら》"が『歩いてゆけない隣《となり》』、己《おの》が欲求を様々な形で実現させる楽天地《らくてんち》へと飛び出していった。

侵略《しんりゃく》、などという纏《まと》まった考えはない。単純な好奇心から旺盛な知識欲、原始的な物欲に異世界への探求心、志向野心の高低を問わず、また"紅世"に逼塞《ひっそく》する弱小の"徒《ともがら》"から、名も誉《ほま》れも得ていた強大な"王"まで、ただ欲し求める、その思いのままに、飛び出した。

その中に"紅世《ぐぜ》"における世界法則《ほうそく》の体現者《たいげん》、『神』の一柱《ひとはしら》であった創造神"祭礼《さいれい》の蛇《へび》"が混じっていたのは、決して偶然でも、不作為《ふさくい》の結果でもない。なんとなれば彼は、その権能《けんのう》として、造化《ぞうか》と確定という、踏み出し見出す力をこそ司《つかさど》っていたからである。

「つまり、彼奴《きやつ》は理《ことわり》の当然として、新たに見出された世界に溢《あふ》れた、同胞《どうほう》らの進取《しんしゅ》の気風《きふう》に惹《ひ》かれ、原初《げんしょ》の接触に誘《いざな》われ、この世に降り立ったのだ……始まりの神であるがゆえに」

自失《じしつ》の動揺《どうよう》を声の端《はし》に残すアラストールが、重く、重い上にもなお重く、語る。

「新たな、ものを流れを作り出す、それをこそ権能とする彼奴は、この世に溢れた流れにも同じく、三柱《さんちゅう》の眷属《けんぞく》とともに現れ、求められるまま、多くのものを同胞《どうほう》らに齎《もたら》した」

良いも悪いも、彼には関係ないのだった。余地《よち》があればそこを埋め、未踏《みとう》のものには手を伸ばした。それこそが、彼の神としての存在理由だったからである。

「だが——己が権能に溺《おぼ》れ、世界の在り様《よう》にまで手を出した彼奴は、太古の世に生み出されたフレイムヘイズらの手によって〝久遠《くおん》の陥穽《かんせい》〟の彼方《かなた》へと葬《ほうむ》られた」

そう、異界《いかい》に異物《いぶつ》を振り撒《ま》き続けた彼は、高転《たかころ》びに転んだのだった。

転んで、追い出されたはずなのだった。

「その不帰《ふき》の秘法《ひほう》で追い払われた『御伽噺《おとぎばなし》の神様』が……なんで、こんなとこにいんのよ」

「あそこはあらゆる法則から外れた、神さえ無力な世界の狭間《はざま》、なんだがな」

マージョリーらが、伝聞《でんぶん》で知る『神殺《かみごろ》し』について呟《つぶや》き、

「主なしの［仮装舞踏会《バル・マスケ》］が動く……そういうことだったのでありますか」

「慮外事変《りよがいじへん》」

ヴィルヘルミナらは、眼前の思わぬ現象《げんしよう》に狼狽《ろうばい》を見せる。

その在り得ない存在は、いつしかシャナの立つ主塔《しゆとう》の頂《いただき》に近付いていていた。

「シャナ」

悠二《ゆうじ》の姿をした別のモノが自分の名を呼ぶことに、欲した姿の歪《いびつ》な紛《まが》い物が近付いてくることに、シャナは猛烈《もうれつ》な拒否感を湧《わ》き上がらせた。一歩、退《ひ》きそうになるのを、

「違う」

背を伸び上がらせて耐え、逆に一歩、前に踏み出す。

同時に、瞳《ひとみ》と髪《かみ》が黒を排除し、紅蓮《ぐれん》に染まった。黒衣《こくい》『夜笠《よがさ》』を纏《まと》い大太刀《おおだち》『贄殿遮那《にえとののしゃな》』を抜き、火《ひ》の粉《こ》を舞い咲かせて、『炎髪灼眼《えんぱつしゃくがん》の討《う》ち手《て》』は、姿と言葉で立ち向かう。

「おまえは悠二《ゆうじ》じゃない」

「シャナ」

自分の焦《こ》がれ憧《あこが》れた、凛々《りり》しい少女の姿を見つめる悠二は、自分だからこそ分かる硬さ、緊《きん》張《ちょう》、その意味を理解して、目を細めた。近付く速度を同じくしたまま、答える。

「違う。坂井《さかい》悠二なんだよ」

凱甲《がいこう》で固め衣《ころも》を揺らす手を、ゆっくりと、差し伸ばした。

欲する少女、眼前で勇む姿を硬くする少女を掴《つか》むように。

「シャナ――、っ!」

言いかけた背後、舞い上がる人影《ひとかげ》の気配《けはい》を察して、悠二は宙で鋭く一回転する。後頭の竜尾《りゅうび》が大きく撓《しな》って伸び、強襲《きょうしゅう》したそれ、マージョリーの横腹《よこはら》を強く叩《たた》き潰《つぶ》した。

と見えた瞬間《しゅんかん》、

「むっ!?」

細い女性の体がガラスのように砕け、竜尾に纏《まと》わりついて自在法《じざいほう》と結晶し、気付けば、長大なこれを宙に縫《ぬ》い止めている。

引っ張られて、ガクン、と体勢を崩した悠二の頭上から、

「成敗《せいばい》！」

ヴィルヘルミナが幾条《いくじょう》ものリボンを豪雨《ごうう》のように降らした。

ドドドドッ、と無数、その体に突き刺さって、悠二はシャナの眼前から落下する。

「悠二！」

と、シャナが叫んだ遥か下で、ズン、と落着音がした。

傍《かたわ》らに、狐《きつね》のような仮面《かめん》とリボンの鬣《たてがみ》、という可憐《かれん》な戦装束《いくさしょうぞく》となったヴィルヘルミナが、桜《さくら》色の火の粉を舞い散らせて降りてくる。

「話は、まず捕縛《ほばく》してからのことであります」

「危険《きけん》存在」

仮面に変化したティアマトーからも短い注意が来た。

「そーいうこと！」

と、もう一つの主塔上《しゅとうじょう》に立つ、寸胴《ずんどう》の獣《けもの》と見える炎の衣から声が届いた。『弔詞《ちょうし》の詠《よ》み手《て》』の戦闘《せんとう》形態〝トーガ〟である。

「騙《かた》りにせよマジにせよ、あの伝説の『天裂《てんさ》き地《ち》呑《の》む』化け物を名乗ってんのよ！　なにされるか分かったもんじゃ——ないわ!!」

言いつつ、炎の獣は遠慮無用《えんりょむよう》、特大の炎弾《えんだん》を落下点に投げ落とした。封絶《ふうぜつ》で停止した、橋上《きょうじょう》

にある車両や人間を、真南川《まながわ》に多数、吹き飛ばす大爆発《だい》が起きる。

が、その炎《ほのおうずま》渦巻く中心点。

御崎大橋《みさきおおはし》に開いた大穴《おおあな》の中、ゆっくりと浮かんでくる影がある。黒い炎を全身から撒《ま》き散らす、少年。その凱甲《がいこう》や竜尾《りゅうび》はおろか、衣《ころも》や肌《はだ》にさえ、一点の焦《こ》げ目も見えなかった。

マージョリーは舌打《したう》ちし、

「やっぱ、そう簡単にはいかないか──」

「今さら弱音たあ不甲斐《ふがい》ねえ。我が鋼《はがね》の拳骨《げんこつ》、マージョリー・ドー。お探しの兄《にい》ちゃんがノコノコ現れたんだ。とっととボコって、嬢《じょう》ちゃんに詫《わ》び入れさせんのが正解だろうよ」

ようやく動揺《どうよう》から立ち直ったアラストールが、重い声をゆるりと紡《つむ》ぐ。

「うむ、ともあれ詮議《せんぎ》は──」

ガン、と鉄を鳴らす、

「生憎《あいにく》だけど」

重い靴音《くつおと》に気付けば、

「シャナだけに、用があるんだ」

驚いたシャナの眼前、主塔《しゅとう》の頂《いただき》に、悠二《ゆうじ》が足をかけていた。

その傍《かたわ》らに立つヴィルヘルミナ、

「むっ!?」

向かいの主塔上《じょう》に在るマージョリー、

「この──」

二人の視界《しかい》を、分厚く広がった銀色が覆《おお》い隠《かく》す。

悠二の上昇に伴い、その足元から伸びた鎧《よろい》の破片《はへん》や歯車、発条《ばね》にクランク等をグシャグシャに混ぜた膨大《ぼうだい》な銀色の濁流《だくりゅう》が、まるで洪水《こうずい》の溢《あふ》れるように、まるで爆発の膨《ふく》らむように、巻き上がっていた。濁流は広がりの頂点から急速に収束《しゅうそく》し、御崎大橋《みさきおおはし》の中ほど、二つの主塔を丸ごと包み込む、巨大な球状の牢獄《ろうごく》と化す。

その封鎖《ふうさ》から空に逃れたのは、二人。

手を繋《つな》いだ、二人だけ。

「シャナ」

「悠、二」

紅蓮《ぐれん》の双翼《そうよく》を背に燃やすシャナは、手を引いて浮かぶ悠二を灼眼《しゃくがん》で見つめること数秒、

「──っ放して!!」

グッと眉《まゆ》を顰《ひそ》めて、手を振り払った。

悠二は少し驚いて、しかしすぐに悪戯《いたずら》っぽく笑いかける。

「余《よ》を捕縛《ほばく》するのではなかったのか、〝天壌《てんじょう》の劫火《ごうか》〟?」

「本当に、貴様《きさま》なのか……〝祭礼《さいれい》の蛇《へび》〟」

己《おのれ》が〝紅世《ぐぜ》〟に留まる間に、帰還《きかん》不能の死地《しち》に葬《ほうむ》られたはずの同胞《どうほう》にして同格《どうかく》たる存在。その思わぬ生存に、アラストールの声は常になく上擦《うわず》っている。

「いったい、その姿はどのような趣向《しゅこう》の戯《たわむ》れだ」

「戯れなんかじゃないさ。必要だったんだよ、お互いに」

「悠二《ゆうじ》の声で喋《しゃべ》るな!!」

少年の口調《くちょう》で答えたそれの咽喉元《のどもと》に、シャナは『贄殿遮那《にえとののしゃな》』の剣尖《けんせん》を突きつけていた。切《き》っ先《さき》は揺らがず、ただ硬い。

「……」

「……」

二人は微笑《ほほえ》みと怒り、対照《たいしょう》的な表情で睨《にら》み合った。

その間も数秒、悠二は屈託《くったく》なく、決定的な申し出をする。

「シャナ、一緒に来て」

「!?」

より硬く動かなくなる剣尖越《ご》し、強く眉根《まゆね》を寄せる少女に、さらに一言。

「君を、迎えに来たんだ」

「貴様《きさま》……!」

アラストールは今さら〝祭礼《さいれい》の蛇《へび》〟の企図《きと》、そこに込められた悪辣《あくらつ》さに気付かされ、心底か

らの憤激《ふんげき》に駆られた。

創造神《そうぞうしん》を掣肘《せいちゅう》できるのは、同じ神にして審判《しんぱん》と断罪《だんざい》を司《つかさど》る天罰神《てんばつ》〝天壌の劫火《てんじょうのごうか》〟のみ。そして、天罰神の権能《けんのう》を全力で発揮《はっき》できるのは、その契約者たる『炎髪灼眼《えんぱつしゃくがん》の討ち手《うて》』のみ。

ゆえにこそ、彼は自らシャナを捕らえに来たのである。

シャナが想いを寄せる少年の身を借りて。

あるいは、乗っ取って。

「君と共に、生きたいんだ」

「――て」

「?」

シャナが、声を小さく零《こぼ》していた。

「――どうして」

剣尖《けんせん》を支えていた硬さが、一番欲《ほ》しかった言葉を受け、限界を超える。

超えて、崩れる。

「どうして今、そんなこと言うの」

「違う、今だからこそ、言えるんだ」

咽喉元《のどもと》で揺れる剣尖を前に、悠二《ゆうじ》は断言した。

「この、今だからこそ……」

そうして、剣尖を摑《つか》もうと、ゆっくり手を上げる。

と、二人の直下、

「!」

ズン、と振動《しんどう》が走った。

悠二が見下ろせば、銀色の影で編み上げた牢獄《ろうごく》の一部が、内側からの圧力に拉《ひしゃ》げ、裂《さ》け目を作っていた。中の二人が、早々に出てこようとしているらしい。

「さすがだな、あの程度じゃ足止めにすらならなかっ——シャナ!?」

彼にも全く予想外《がい》なことが起きた。

シャナが、空から零《こぼ》れ落ちるように、降下していた。

シャナが——『炎髪灼眼《えんぱつしゃくがん》の討《う》ち手《て》』が、逃げていた。

「そう、か」

溜《た》め息を吐いた悠二は、自身も眼下遠く、真南川《まながわ》の水面に向けて降下を始める。

「やっぱり、こうするしかないのか」

逃げる彼女を追いかける、という経過は予想していなかったが、目的は一緒と思いなおす。

彼女を捕まえ、連れ帰る。

予定通り、それを果たせばいい。

前方、真南川の水面が近付いてくる。

その間に、炎《ほのお》を尾と引く紅蓮《ぐれん》の双翼《そうよく》が見えた。

「待ってよ、シャナ」

言って、手を差し伸べる。今度は、ただ差し伸べるだけではない。その腕から湧《わ》き上がった黒い炎《ほのお》が、絡み合う蛇《へび》の形を取って、掴《つか》むべき少女の背を追った。

追いすがるそれに気付いたシャナは、

「!」

水面ギリギリになって足裏《あしうら》に爆発を生み、水の破裂《はれつ》による撹乱《かくらん》と、方向の急転換《きゅうてんかん》を行う。

逃れた後方の水面を炎の蛇が突き破って、新たな水蒸気爆発《ばくはつ》が起こった。

濛々《もうもう》と一帯を覆《おお》う水煙《みずけむり》の中、

「邪魔《じゃま》されるのは困るな……マージョリーさん」

引き離されることなく後を追ってくる悠二《ゆうじ》が、小声で呟《つぶや》いている。どうやらシャナにではなく、牢獄《ろうごく》から脱出しつつあるマージョリーらに向けて、声を送っているものらしい。

「少しだけ、そこで大人《おとな》しくしていてはもらえませんか?」

「もらえるわけないでしょうが!!」

銀の牢獄内《ない》に、凶暴《きょうぼう》なマージョリーの怒声《どせい》が轟《とどろ》き渡った。

トーガの口からは、彼女の怒りを煽《あお》る牢獄をぶち破るための、力の充溢《じゅういつ》を示す群青色《ぐんじょういろ》の火《ひ》の粉《こ》が吐息《といき》に乗って吐き出されている。と、それが一息吸《す》われ、『弔詞《ちょうし》の詠《よ》み手《て》』必殺の自在《じざい》法《ほう》を編み出す『鏖殺《おうさつ》の即興詩《そっきょうし》』の朗詠《ろうえい》が始まる。

「ハンプティ・ダンプティ、塀に座った！」

マージョリーの歌声、

「ハンプティ・ダンプティ、転がり落ちた！」

マルコシアスの歌声、

「王様の馬を集めても！」

「王様の家来を集めても！」

二人の声が交互にかかるごとに、その腹が大きくなり、

「ハンプティを元には——戻せない!!」

マージョリーの結句《けっく》を受けて、その口から数十の自在式《しき》が飛び散った。

それらは、鏡《かがみ》でできた卵の殻《から》とも見える、分厚い物理的な装甲《そうこう》の内側に貼《は》り付き、一瞬《いっしゅん》で周囲に浸透《しんとう》、殻を渦巻《うずま》きのように捻《ねじ》り始める。既《すで》に幾度《いくど》か、その強烈な力を受けた装甲は大きく歪《ゆが》んで、突破も間近《まぢか》と思われた。

続いてヴィルヘルミナが、

「はあっ！」

硬化させたリボンによる鋭い刺突《しとつ》を数十、渦《うず》の各所へと立て続けに打ち込んでゆく。リボンは当然、ただの刺突ではない。その上には、自在法《じざいほう》の解除を行う自在式《しき》が桜色《さくら》に輝き載せられており、殻《から》の修復機能を阻害《そがい》している。

この僅《わず》か数度の反復によって、銀の牢獄《ろうごく》は早くも罅割《ひび》れ、隙間《すきま》に外の景色を晒《さら》している。

と、牢獄内に、

《マージョリーさん》

悠二《ゆうじ》の声が反響《はんきょう》を伴って響《ひび》いた。

「ユージ!」

《余《よ》の話を、少し聞いてもらおう》

「『弔詞《ちょうし》の──』」

「分かってるわよ!」

ヴィルヘルミナとマージョリーは牢獄の中空で、戦装束《いくさしょうぞく》とトーガの背を合わせる。新たな攻撃か情勢の変化かに備えるが、攻撃の仕掛けられる気配《けはい》は感じられない。

《こっちに来て、知ったことがあるんです》

ただ、声だけが響いた。

声だけは少年のまま、口調《くちょう》だけが悠二と〝祭礼《さいれい》の蛇《へび》〟双方を揺れ動く語り様《ざま》に、いい加減《かげん》イラついたマージョリーは、自分を囲むものへの不快感も加えて、再びの怒声《どせい》を轟《とどろ》かせる。

「ふん、女の上手《じょうず》な口説《くど》き方は教えてもらってないみたいね、ユージ！　縁結《えんむす》びの神様にでも鞍替《くらが》えしたら!?」

《今さら、そういうわけにも行きませんよ》

大して堪《こた》えた風《ふう》もなく、声は返した。

《それより、気になっていることがあるでしょう？　この〝銀〟のこと……》

「!!」

まさか向こうから言い出してくると思っていなかったマージョリーは、先の余裕《よゆう》も忘れて口をつぐんだ。言葉を一片《いっぺん》たりと聞き漏らさないように。

背中を合わせるヴィルヘルミナは、悠二が唐突《とうとつ》に持ち出した話題——恐らくはシャナと戦っている最中《さいちゅう》であるはず——に、仮面《かめん》の下で怪訝《けげん》な顔を作った。

（なぜ今、そんなことを？）

（制止!!）「よせ、聞かせるな!!」

パートナーの声なきもの、マルコシアスの声あるもの、二つの叫びが同時に上がった。

これらに叩《たた》かれて、ヴィルヘルミナもハッと気付く。

今さら唐突に〝銀〟の話題が持ち出されたのではなく、今だからこそ持ち出されたのだとしたら？　マージョリーが一番知りたがっている、逃げずに耳を傾ける情報と知って、そこに罠《わな》を仕掛けているとしたら？　相手は他でもないあの少年、自分たち御崎《みさき》市に在るフレイムヘイズらの長所も短所もよく知っている、坂井《さかい》悠二《ゆうじ》なのである――!!

(いけない!!)

背中を殻《から》に晒《さら》す危険を冒して、後ろからトーガを押さえ込む。

「聞いてはならないのであります!」

が、全く当然のこととして、マージョリーはこれを振り払った。

「黙ってて!!」

「聞くんじゃねえ、罠《わな》だ!!」

「危殆《きたい》情報!!」

《では、お話ししましょう……まず》

「!?」

「!?」

二人にして四人のフレイムへイズらは、各々《おのおの》の態度で慄《おのの》きを示した。

《周りを、見てください》

注視《ちゆうし》を求めるまでもない。

彼女らを囲っていた銀色の殻が……全て、あの汚れて歪《ゆが》んだ西洋鎧《よろい》に、変わっていた。

その全てが、まるでガラス張りの壁の向こうにいるように、殻の形にへばりついて、中にいるフレイムへイズらを覗《のぞ》き込んでいた。まびさしの下、奥底に光る無数の目が、目が、目が、目が……彼女らを。

「――――――ッ!!」

マージョリーの、言葉にならない恐怖の悲鳴が、空を裂《さ》いて走った。

黒い封絶《ふうぜつ》に覆《おお》われた住宅地を、シャナと悠二《ゆうじ》は追いつ追われつ、屋根を蹴《け》り、塀《へい》を越え、庭先に道路に標識《ひょうしき》に降り立ち、また低く前に、速く鋭く、跳び交っていた。

「それより、気になっていることがあるでしょう？　この〝銀〟のこと……」

「では、お話ししましょう……まず」

悠二の小さな呟《つぶや》きに、ヴィルヘルミナら同様に罠の危機を察したシャナは、屋根の一角《いっかく》を急《きゅう》角度に蹴《け》り返して反転《はんてん》、言わせまいと切りかかった。

「悠二！」

悠二はすぐ横、マンションの壁面を炎《ほのお》の蛇《へび》で叩《たた》いて避け、説明を続ける。

「周りを、見てください」

言いつつ、三階建て民家《みんか》の壁面に着地して、そのままバックステップ。正面、落下しながら繰り出されるシャナの斬撃《ざんげき》をかわしてゆく。背中を土につける寸前《すんぜん》になったところで、これ見よがしに足裏《あしうら》を爆発させて地面スレスレを飛び、後頭《こうとう》の竜尾《りゅうび》で地を強打、一気に遠くへと離脱する。その間も、説明は続いていた。

「鎧《よろい》に見えるそれらは、〝徒《ともがら》〟などではない。全て、人間から採集された感情の断片を具現化《ぐげんか》したものだ。あまねく世界、あらゆる時代に湧《わ》き上がった、種々の強烈な感情を映し出した、いわば心の鏡《かがみ》……」

マンションの屋上に立ち、少女が追ってくるのを待つ。

「無数に集められたそれらこそが、この余《よ》の人格をなぞる機構《きこう》を構成するための、部品」

言う頭上、紅蓮《ぐれん》の双翼《そうよく》で加速したシャナが、踵《かかと》を先端《せんたん》にした弾丸《だんがん》となって降下してくる。

燃え立つような喜悦《きえつ》を面《おもて》に表す悠二《ゆうじ》は受けて立ち、後頭《こうとう》の竜尾《りゅうび》を一振《ひとふ》り、差し向けた。

「この鎧《よろい》は──」

鉄の鞭《むち》とも見える空を掃く一撃《いちげき》よりさらに速く、シャナは直下へと突っ切った。

咄嗟《とっさ》にかわした悠二の背後、蹴《け》りがマンションを真《ま》っ二《ぷた》つに叩《たた》き割る。その粉塵《ふんじん》立ち込める中、傾いた屋上を歩く彼は、さらなる言葉を連ね、

「強烈な感情を持つ人間の元に、ただ現象《げんしょう》として現れる。感情を採集する対象《たいしょう》たる人間の欲求や願望を代行し、以って感情の在り様《よう》を写し取る。そんな、ただの物体だ」

直下からの爆発を、大きく飛びあがって回避《かいひ》した。

と、吹き上がる爆炎《ばくえん》が突然、

巨大な剣の形を取り、さらに一瞬で細く収縮、大爆発を起こす。

　これを至近で受けた悠二は、大通りを一直線、川面《かわも》への石投げのように叩き付けられた。点から線にアスファルトを砕き、車を幾十台も弾いて跳ね飛んでゆくが、

「貴女《あなた》の代行者は、貴女の憎しみの姿。貴女の見た嘲笑《ちょうしょう》は、貴女の秘めていた思い」

　その中でも変わらず、声は零《こぼ》れている。

　爆心地から飛び上がったシャナが灼眼《しゃくがん》を凝らせば、悠二の体を竜尾が幾重か、球状に緩く取り巻き、防壁となっていた。ダメージらしいダメージは見られない。

「分かりますか？　貴女の前に現れた〝銀〟は——」

　軽く首を振って、竜尾を戻した悠二は、ゆっくりと浮き上がって、シャナと遠く対峙《たいじ》する。

　そうして、あまりに平然と放られた言葉が、

「——貴女が本当に行いたかったことを、代わりにやっただけなんですよ」

　マージョリーへの完全なとどめを、刺した。

　数秒の沈黙《ちんもく》を経て、

「終わったよ」

「悠二……！」

　悠二は変わらず微笑《ほほえ》み、シャナは怒りを露《あら》わに、声を交わす。

「っ!?」

「ついでに〝銀〟たちを動かして、カルメルさんを足止めさせてる。いくらあの人でも、今のマージョリーさんを抱えたままじゃ、脱出に相当の時間を食うだろうね」

「……」

シャナは、言いたくない言葉が口を突いて出るのを、力で抑え込もうとする。

そんな少女の気持ちを余所《よそ》に、悠二《ゆうじ》は微笑《ほほえ》みの底から、燃え立つような喜悦《きえつ》を面《おもて》に浮かび上がらせた。本当に待ち望んでいた時を祝福するように、告げる。

「これでやっと、二人きりだ」

「……悠二」

もうここが限界だった。

シャナは悲愁《ひしゅう》を抱き、なお言うしかなくなっていた。

決して言いたくなかった、最終宣告《せんこく》を。

「私はあなたを、討滅《とうめつ》する」

「……」

今度は、悠二が黙った。

俯《うつむ》いて目を瞑《つぶ》り、すぐまた見つめ直す。

喜悦だけはそのままに、面は鋭く引き締まっていた。

「……うん、分かってたよ」

自分に突きつけられる大太刀《おおだち》『贄殿遮那《にえとののしゃな》』の剣尖《けんせん》を見やって、腕を大きく振る。

その動作の終点で、いつしか幅広の刃《やいば》を持つ片手持《も》ちの大剣《たいけん》が、握られていた。

宝具《ほうぐ》『吸血鬼《ブルートザオガー》』だった。

敵たる〝徒《ともがら》〟、〝愛染自《あいぜんじ》〟ソラトの武器として齎《もたら》され、マージョリーや佐藤《さとう》らを経て悠二へと渉《わた》った大剣は今、さらなる数奇《すうき》な転換として、悠二の手の中、シャナに刃を向ける。

悲愁と喜悦、互いの表情を遠く突き合わせて、

「――」

「――」

二人、僅《わず》か仰《の》け反《ぞ》って、前へ飛ぶ。

見る間に距離が詰まって、

「つはあ！」

「えやあ！」

ッガン!!

と破裂にも似た音を立てて、正面から激突《げきとつ》した。火花で顔を照らし合い、空に紅蓮《ぐれん》と黒の火《ひ》の粉《こ》を混じり合わせ、即座《そくざ》に衝撃《しょうげき》の反発で飛びのく。

シャナは離れる間にも炎弾《えんだん》を次々と放つが、悠二は低く家と家の狭間《はざま》を飛んで、これを巧みにかわした。代わりに被弾《ひだん》した家が、紅蓮の炎《ほのお》を上げて吹き飛んでゆく。

「シャナ、君は絶対に届かないんだろうね」

爆音の中に、声が混じった。

シャナはその後を追いながら、呟《つぶや》く。

「うるさい」

「だから、こうして戦うしか、互いの間に道はない」

言い終えた瞬間《しゅんかん》、竜尾《りゅうび》を路面に打って悠二《ゆうじ》は反転、飛びかかった。

振り下ろされる大剣《たいけん》『吸血鬼《ブルートザオガー》』の特性を知るシャナは、半秒、刃《やいば》を掠《かす》らせ、いなす。思わず叫びが口から零《こぼ》れていた。

「うるさい！」

「戦って、この道を通って、君のところへ――」

「うるさい!!」

言わせず、黙らせた。空中、紅蓮《ぐれん》の双翼《そうよく》を真横《まよこ》に吹かして体勢を反転、すれ違った悠二へと背後から、勢いを付けた『贄殿遮那《にえとののしやな》』を奔《はし》らせる。

が、
悠二も同じく、すれ違った瞬間に体を振り向かせていた。翻《ひるがえ》る衣《ころも》の向こうから『吸血鬼《ブルートザオガー》』が奔り、まさしく狙《ねら》っていた一瞬一撃《いっしゅんいちげき》に力を込める。

刃が合わさった瞬間、幅広の大剣に血色の波紋《はもん》が揺れた。

「う、ぐっ！」

シャナの二《に》の腕《うで》が一線、切り裂かれた。剣に〝存在の力〟を注《そそ》ぎ込むことで、触れた相手の体を切り刻む、これが宝具《ほうぐ》『吸血鬼《ブルートザオガー》』の能力なのだった。

警戒《けいかい》していながら、まんまと一撃を受けた己《おのれ》の不覚《ふかく》、会話をすることでその不覚を引き出した悠二、双方への痛みに苦悶《くもん》するシャナへと、遠慮容赦《えんりょようしゃ》のない追い討《う》ちの斬撃《ざんげき》が来る。

「っはあ！」

「くっ！」

シャナはこれをバック転するように避け、回転の途中、向けた背の双翼を爆発の勢いで吹かし、斜め下からの高速回転《かいてん》で逆袈裟《ぎゃくげさ》に切り込む。

振り上げた体勢の悠二、『吸血鬼《ブルートザオガー》』の刃から最も遠い距離から来る攻撃を、

「つむ！」

しかし代わりに後頭《こうとう》から伸びる竜尾が受け止め、逸《そ》らし、その端《はし》で叩《たた》いた。

シャナはこの打撃を受け止めて逆らわず、跳ね飛ばされる勢いに紅蓮の双翼の推進《すいしん》力を合わせて一挙に距離を取った。そのまま、追ってくる悠二と大きく螺旋《らせん》を描くように飛び交う。

（やりにくい）

少女としてではなく、戦士として『炎髪灼眼《えんぱつしゃくがん》の討《う》ち手《て》』は思った。

どうも通常の意味での腕力は、相当に強いらしい。一撃の重さや速さが並ではなかった。剣

技や体術ならシャナの方が圧倒的に上回っているが、悠二《ゆうじ》の『吸血鬼《ブルートザオガー》』は剣による格闘《かくとう》を主体に戦う彼女にとって天敵《てんてき》とも言える宝具《ほうぐ》である。おまけにあの竜尾《りゅうび》の防御《ぼうぎょ》力。

(いつもなら)

今、刃《やいば》を向き合わせている彼こそが、こんな苦境《くきょう》を破ってくれるはずなのに――。

(っ、いけない!)

己《おのれ》の弱気を自覚して、驚きと焦りを抱く。この街に定住することで、彼と戦うことで無《む》意識に芽生《めば》えさせたらしい、頼る気持ちを振り捨てるように、背の翼《つばさ》に力を込める。

御崎市《みさきし》中央を覆《おお》う広い封絶《ふうぜつ》の空を、二人は留まらず高速で飛び続ける。

(私の力を、悠二は知ってる)

シャナはその、常ならば嬉《うれ》しさを齎《もたら》す思いを重く抱いて、一吹《ひとふ》き、両翼《よく》の噴射《ふんしゃ》の向きを横に揃《そろ》える。速度を保ったまま一瞬《いっしゅん》で反転、一溜《ひとた》め、噴射して数秒前《まえ》と逆《ぎゃく》方向に突進した。

追ってきた悠二の意表《いひょう》を突く速度で接近し、

ギャリッ!

と一瞬よりも短い激突《げきとつ》があって、またすれ違う。

その余韻《よいん》が鼓膜《こまく》を震わせる離脱《りだつ》の間に、シャナは再び体勢を反転、

「はあっ!!」

切っ先で指すや、紅蓮《ぐれん》の大太刀《おおだち》を撃《う》ち放っていた。炎弾《えんだん》とは比べ物にならない膨大《ぼうだい》な熱量が

塊《かたまり》となって少年の背中へと叩《たた》き込まれる。対象《たいしょう》に衝突《しょうとつ》した炎が膨《ふく》れ上がって、宙に破裂《はれつ》音を伴う大輪の花を咲かせた。

「――」

その中から、

「――っ」

竜尾を翻《ひるがえ》し、凱甲《がいこう》と衣《ころも》に身を包んだ少年が、片手で大剣《たいけん》を振るい飛び込んでくる。

「――っ！」

彼の身を球状に守る結界《けっかい》は、シャヤナにもよく見覚えのあるものだった。

彼が紐《ひも》に通して首にかけているはずの宝具《ほうぐ》、火除《ひよ》けの指輪『アズュール』。

（やっぱり、私の力を、悠二は知ってる）

大剣『吸血鬼《ブルートザオガー》』による斬撃《ざんげき》は、迂闊《うかつ》に受け止めることはできない。

炎弾を打ち放っても、紅蓮の大太刀でさえ『アズュール』で防がれる。

相性《あいしょう》というものの最悪の結実《けつじつ》、彼と一緒に戦っていた宝具による襲撃《しゅうげき》を前に、

（どこまで具現化《ぐげんか》できる⁉）

シャヤナは、左手で大太刀を受け流す姿勢に構え、右手を腰だめに掻《か》い込んだ。

不審《ふしん》げな表情を過《よ》ぎらす悠二へと、

「⁉」

「つはあああ!!」

気合一閃《きあいいっせん》、右の拳《こぶし》を繰り出した。

その風切る先端《せんたん》で、炎《ほのお》が巨大な拳と結晶する。さらに腕の伸張《しんちょう》と同調して巨腕《きょわん》を形成、切りかかろうとしていた少年に、ただの炎ではない、具現化した拳撃としてぶち当たった。

「う、ぐあっ!?」

結界《けっかい》があることで油断《ゆだん》していた悠二《ゆうじ》は、炎と見える物体の痛打を受け、吹っ飛ぶ。燃える流《りゅう》星《せい》のように住宅地へと落下し、何軒《なんけん》かの家を弾《はじ》けさせて、ようやく止まった。

シャナは、すぐ来るだろう反撃に備え、中空《ちゅうくう》をゆっくりと舞う。

が、どういうわけか悠二は、一跳《ひとっと》び、民家《みんか》の屋根に飛び乗った。

そして、そのまま動かない。

「……?」

あの程度で致命傷のわけはない、なにかの罠《わな》か、と警戒《けいかい》したシャナは、すぐに気付く。

「——!」

少年の立つ場所を、少女はよく知っていた。

悠二が、その場所を選んだことも、分かった。

怒りとも悲しみとも付かない感情が胸に渦巻《うずま》く。

黒い封絶《ふうぜつ》の中、闇《やみ》に埋もれて立つ、二階建ての家。

表札《ひょうさつ》には、坂井《さかい》、とある。

旧依田《きゅうよだ》デパートの暗闇《くらやみ》を劈《さ》いて走る、誰もが初めて聞くマージョリーの狂乱《きょうらん》の声に、

「あ、姐《あね》さん、どうしたんですか!?　姐さん!!」

田中《たなか》は震える声に涙を加えて、必死に呼びかけた。

マージョリーは答えるどころか、言葉の体すら取っていない叫びを上げるばかり。

吉田《よしだ》は、その狂気の表れである声に体を強張《こわば》らせ、声をかけることもできない。

「あ、あ……？」

なにか途轍《とてつ》もなく恐ろしいことが語られつつある、とマルコシアスやティアマトー、ヴィルヘルミナらの態度から二人は察したが、いざ齎《もたら》された反応は、想像をはるかに超えるものだった。これまでも、マージョリーの凶暴《きょうぼう》な面《めん》を目にしたことはあったが、今度のこれは違う。怒りや憎《にく》しみ等、理解できる気持ち、その拡大や暴走では全くない。

箍《たが》の外れた乱れる心が、ただ膨大《ぼうだい》な声となって溢《あふ》れ出しているだけだった。

ほとんど聞き取れないそれは英語なのか、また別の言葉なのか、さらには意味のない叫びなのか、全てが混ざり合って体系をなしていない気持ちの悪さ……それが指す、一つの事実への恐怖が、肌身を締め付けるように感じられる。

マージョリー・ドーが壊れつつある、あるいは、壊れた、という事実。

「姐《あね》さん、どうしたんです!?」

話が通じない、と分かっていて、それでも田中《たなか》は呼びかけずにはいられない。

マージョリーの、怖気《おじけ》を齎《もたら》す絶叫《ぜっきょう》とは別に、

「甚《はなは》だ危険な状態にあるのであります」

「最悪事態《じたい》」

ヴィルヘルミナの、常にない焦りの声が届いた。

田中はかじりつくように付箋《ふせん》に叫ぶ。

「なに、なにがあったんです!? なにが!?」

「彼女の精神の根幹《こんかん》を揺るがす情報を、聞かされたのであります」

「自壊《じかい》危機」

返答する声色《こわいろ》は平淡なものだったが、それは『万条《ばんじょう》の仕手《して》』の戦闘スタイルによって抱かされる錯覚である。彼女らは今、銀の監獄《かんごく》の中で、群がりたって襲《おそ》い掛かってくる〝銀〟の大群《たいぐん》と交戦しているところである。一体一体はただの〝徒《ともがら》〟レベルの存在だったが、とにかく全周囲から隙間《すきま》なく一斉《いっせい》に腕を伸ばしてくる。幾百《いくひゃく》と叩《たた》き伏せ切り裂き破裂《はれつ》させても、後続《こうぞく》がすぐに壁面から沸きあがってくるため、一向に埒《らち》が明かない。

あるいは彼女らだけであったなら、なんとか隙《すき》を見て危地《きち》を切り拓《ひら》き、脱出することも可能

だったかもしれない。が、そうさせない足枷《あしかせ》は、悠二《ゆうじ》によって既《すで》に嵌《は》められていた。

「しっかりするのであります!」

「自我《じが》確保」

傍《かたわ》らのリボンに抱えられている、狂乱《きょうらん》状態のマージョリーである。

貫禄《かんろく》に満ち溢《あふ》れたフレイムヘイズの面影《おもかげ》は既《すで》になく、髪《かみ》を振り乱し涙を流し、神に祈る言葉を崩し悪魔《あくま》を呪《のろ》う言葉を壊し、喚《わめ》き続けている。狂熱《きょうねつ》を滾《たぎ》らせる空っぽな視線は、周りから襲《おそ》い来る自分の鏡像《きょうぞう》への怯《おび》えに歪《ゆが》み、体を力の限り暴れさせていた。無論《むろん》、トーガを形成できるほどの集中力など、欠片《かけら》も残されていない。

彼女の危機をなにより見た目に表しているのは、フレイムヘイズとして契約した者の証《あかし》、神器《じんぎ》グリモアだった。その輪郭《りんかく》が滲《にじ》むように薄れ、質感《しっかん》を失いつつある。

「やべえ、契約が解けかかってる……おい、マージョリー!!」

軽佻浮薄《けいちょうふはく》のマルコシアスが真剣に、かつ焦って、相棒《あいぼう》を怒鳴《どな》りつけていた。

「てめえ、こんな所でこんな終わりを迎えるつもりか!?」

どやされて目を覚ます、いつもの彼女はここにはいない。なにが変わるわけでもなく暴れ続け、その度《たび》に〝グリモア〟は輪郭をぼやかしてゆく。

(駄目《だめ》だ、俺の言葉じゃ、マージョリーには届かねえ)

マージョリーの体中から、膨大《ぼうだい》な〝存在の力〟が、火《ひ》の粉《こ》となって飛び散っている。自制《じせい》もなにもない乱れた意識が、方向性も限界も考えず、自分の存在を削《けず》るほどに振り撒《ま》いているのだった。このままでは数分と持たず、フレイムヘイズとしての存在を維持《いじ》できなくなる。

《マルコシアス、いったいなにがどうなってんだ⁉　契約が解けるって――》

「我が麗《うるわ》しのゴブレットが、酒を入れる自分を放棄《ほうき》する、つまり死ぬってこった！」

田中《たなか》の問いを、マルコシアスは最後まで待たず、先取りして答えた。

《そ、そんな……そんなの嫌ですよ、姐《あね》さん⁉》

田中の叫びを、ただ耳に入れたマージョリーは、かつての自分を夢見る。

茫漠たる意識の下、体は暴れ声は溢《あふ》れ存在は欠けてゆく中で、かつての自分を夢見る。

誰かにいつも頼られ、応えて、生きてきた。

(――「○○○姉《ねえ》さん、お願いだから助けて」――)

そうすることで周りを助け、周りを助けることで、自分の生きる力を得ていた。

小さな頃からそうだったのではないか。

(――「○○○様、どうぞ力をお貸し下され」――)

頼りない父を少女の年から補佐することで、唯一《ゆいいつ》の嫡出子《ちゃくしゅつし》としての命を繋《つな》いだ。

そんな浅知恵《あさぢえ》で押し止められない破局《はきょく》が来て、

(――「○○○、頼む、儂《わし》が生き延びねば、我が家は」――)

父を逃がした後、自分と僅《わず》かな家臣《かしん》で立て籠《こも》り、開城による和睦《わぼく》を勝ち取った。

結局、逃げた父は殺され、援軍《えんぐん》に裏切られ、
（――「〇〇〇様、私は生き延びて、あの子に会いたい」――）
捕虜《ほりよ》となっていた兵らを蜂起《ほうき》させ、脱走を敢行《かんこう》し、自分も逃げることができた。
そして他でもない、逃がした家臣によって、
（――「〇〇〇様、俺たちが生きるためなのです、許してください」――）
逃走の終着で背かれ、ほんのはした金と引き換えに、あの『館《やかた》』へと売られた。
そこでも、同じように売られてきた娘らから、
（――「〇〇〇姉さん、お願いだから助けて」――）
一方的に頼られ、仕様《しよう》がなく支え、いつしかそこでの地位を築き、生きていた。
あの『館』を破壊したのは、実は自分なのだという。
（私が、壊したかったのに……そうやって生きてる私が、壊した……？）
いい加減《かげん》、ウンザリしていたのだ。頼られ、支え、その張りで生きる、自分が。
復讐《ふくしゅう》の理由もなくなってしまった。
もう、自分が壊していたのだから。
終わったのだ、なにもかも、全て。

《──っ駄目《だめ》です!!》
田中《たなか》の声が、耳を叩《たた》いた。
(やめてよ……また、私を使うの?)
倦怠《けんたい》も薄れゆく中、思った。
《死んじゃ駄目《だめ》です!》
また、田中の声が。
(駄目って……なによ……)
頼るにしても傲慢《ごうまん》ね、と消えそうな思いを綴《つづ》った刹那《せつな》、
《佐藤《さとう》の奴《やつ》は、まだなにも──》
(!)
自分に全てを賭《か》けると言った、一人の若者の姿が閃《ひらめ》いた。
《なんにも、姐《あね》さんのために、してあげてないじゃないですかあ!!》
《マージョリーさん!!》
今度は吉田《よしだ》の声が。
《お願いですから、感じてください!》
(──っ?)
《もうとっくに、恋されてるはずです!!》

頼られるのではない――普通じゃ考えられないような力を捧《ささ》げられる、真摯《しんし》の重さ――その力全てを呵責《かしゃく》なく使い潰《つぶ》せる、ゾッとするほどの愉悦《ゆえつ》――温かい安らぎと表裏《ひょうり》一体の、張り詰めた綱渡《つなわた》りの緊張《きんちょう》――それらは、自分からの気持ち。

（――わた、し――の――？）

どちらの叫びとも分からない、二人からだったのかもしれない、

《だから、死なないで!!》

その声を最後に、マージョリーの意識は、途絶《とだ》えた。

坂井家《きかいけ》の屋根に、シャナと悠二《ゆうじ》は立っていた。

棟《むね》の両端《はし》、遠くも近くもない、距離を取って。

守るべきはずの人が、この下で止まっている。

何度もここで二人、朝夜の鍛錬《たんれん》を行ってきた。

思い出の詰まった、想いの溢《あふ》れる、彼らの家。

今、その二人は、切っ先を向き合わせている。

やがて、『贄殿遮那《にえとののしゃな》』を構えるシャナの方から、口を開く。

「悠二、千草《ちぐさ》はどうするの？」

「もう、旅立ちは終えたんだよ」

答えて、軽く『吸血鬼《ブルートザオガー》』を差し向ける悠二《ゆうじ》は、寂しく笑った。

もう一度、シャナはその意図《いと》を確かめる。

「傀儡《かいらい》じゃなくて、自分の意思で、やってるの？」

「そうだよ。その点だけは、安心してくれていい」

悠二もう一度、はっきり頷《うなず》いて見せる。

彼の答えは、『坂井《さかい》悠二』という存在が、助け出される対象《たいしょう》ではなく、討滅《とうめつ》されるべき敵である、と明確に示すことによる苦しみを、フレイムヘイズたる少女に与えていた。

彼は当然、彼だからこそ、少女の内心を察している。察してなお、答えたのは、自分の思いを、改めて少女へと表明するためだった。一心に見つめ、ゆっくりと、口にする。

「シャナは、好きな人、全員を守りきれる？」

「えっ」

突然の漠然《ばくぜん》とした質問に、シャナは戸惑《とまど》いの声を返した。

悠二は滔々《とうとう》と明確に、『坂井悠二』としての自説《じせつ》を継ぐ。

「もし、世界中を歩き回っている父《とう》さんが、どこかで〝徒《ともがら》〟に襲《おそ》われたら、どうする？　母《かあ》さんが旅行に出て、その先で出くわしたら、どうする？　近い将来、成長して御崎市《みさき》から出て行く皆、その知り合い全員に、フレイムヘイズの護衛《ごえい》を付けられる？」

「それは……」

無理だ、という答えしか用意できない自分が、酷《ひど》く冷たい人間であるように思われて、最後まで言えない。一年足《た》らず前には即答《そくとう》していた、と考えることも、できなくなっていた。

「この世界は守りきるには広すぎる……誰も彼も、一人の例外もなく〝徒《ともがら》〟に襲われる可能性の中で、偶然生《せい》を拾っているに過ぎない。なのに、御崎市一つだけで、たった十数年暮らした場所だけで、こんなにも守らなければならない人たち、守りたい人たちができた」

悠二は、世界への怒りを燃え立つような意気に変え、立ち向かう喜悦《きえつ》を表し、腹の底からの誓《ちか》いを、二つの声を重ねて宣言する。

「この手で『この世の本当のこと』を変えてやる。不条理の可能性を、この世から消し去ってやる。好きな人を守るために、好きな人たちを守るために」

咆《ほ》える口の端《はし》から、黒い炎《ほのお》が漏れた。

どんな色さえ染め上げる、創造神《そうぞうしん》の持つ唯一無二《ゆいいつむに》の、黒い炎が。

「そして、この因果《いんが》に囚《とら》われた我が同胞《どうほう》——〝紅世《ぐぜ》の徒《ともがら》〟にも、余《よ》は齎《もたら》す。理《ことわり》を作り上げ、確たるものとする。それこそが、余に与えられた存在の本義《ほんぎ》」

平然と途方《とほう》もないことを口にする創造神に、天罰神《てんばつしん》は問い質《ただ》す形で警告《けいこく》する。

「再び……行うつもりなのか。貴様《きさま》自身が在ってなお、手に余ったのであろうが」

「そのために、余と、余の臣下《しんか》らは、営々と数千年、準備してきたのだ」

言って、創造神《そうぞうしん》は目を閉じ、少年として目を開いた。

「シャナ。討滅の道具でしかない君も、その中にいる」

「……」

「どこまでも戦い続け、いつの日にか倦《う》み疲れ、ただ倒れて消えてゆくという、フレイムヘイズに……君に与えられた宿命も変えてみせる」

真に少年は『坂井悠二《さかいゆうじ》』として、誓《ちか》いの言葉を口にする。

「僕が、君を守る」

「！」

アラストールは、いつか聞いた少年の望み、いつか笑い飛ばした大言壮語《たいげんそうご》、それらの最悪な形での結実《けつじつ》を目の当たりにして、絶句《ぜっく》した。

悠二は燃え盛る力を、再び『吸血鬼《ブルートザオガー》』に込めて、構える。

「ゆえにこそ、邪魔《じゃま》はさせぬ。余《よ》の手許《てもと》で、世界の変容《へんよう》を見届《みとど》けて欲しいのだ」

「……悠、二……」

シャナは、揺れる振幅《しんぷく》の大きさに倒れそうな己《おのれ》を自覚して、それでも誇りと使命感を頼りに身を支え、『贄殿遮那《にえとのしゃな》』を突き付ける。同時に、半端《はんぱ》な自在法《じざいほう》は防がれる、炎《ほのお》の具現化《ぐげんか》には間合が近すぎる、むしろその動作は隙《すき》になりかねない等、討《う》ち手としての思考《しこう》を巡らせる。

悠二には、彼女がそうするだろうことが分かっていた。

だからこそ、辛《つら》さを押して、戦っているのである。

でなければ、彼女と共に在る資格など、ない。

「シャナ、君と歩くことを、ずっと夢見てきた」

強く握った大剣《たいけん》に、血色の波紋《はもん》が強く浮かび上がった。

「君の望んだ通り——僕は強く、強く、強くなった——だから、今」

その腰が重く僅《わず》かに、討ちかかる体勢を整えるため、沈む。

「君と歩き、君を守るための戦いを、始める」

シャナは、かけられる言葉そのものの嬉《うれ》しさと、意味するところの悲しさに、灼眼《しゃくがん》を揺らしていた。自分で選んだ道を進むしかない、戦うしかない、と運命《さだめ》ている身がゆえに。

永遠とも思える数秒を経て、
毛ほど、悠二が膝《ひざ》を進めた瞬間《しゅんかん》、

「っ!?」

斬撃《ざんげき》でも炎《ほのお》でもないものが、彼の視界《しかい》を占めた。

大太刀《おおだち》『贄殿遮那《にえとののしゃな》』。

それが、弾丸《だんがん》にも勝る速さで、投擲《とうてき》されていた。

咄嗟に切り払い、それを空中に跳ね上げると、シャナがいない。

「！」

悠二は感覚ではなく、全くの勘——

こういう場合、シャナがどんな行動に出るか。

今まで戦いを共にしてきた者だけが持つ、勘だけを追った。

祭礼の蛇自身が、あるいは他の強大な〝紅世の王〟が同じ状況に置かれたときに得られたはず

の、ほんの僅かな隙は——しかしこの世でただ一人の例外たる少年、

（——上‼）

坂井悠二が相手であったがために、得られなかった。

跳ね上げられた『贄殿遮那』を摑み、紅蓮の双翼で加速して直下を目指すシャナ。

切り払った『吸血鬼』を、後頭の竜尾を屋根に叩きつけた反動で跳ね上げる悠二。

上からと、下から、斬撃が交差して、

悠二は、振り上げる姿で立ち上がり、

シャナは、斬り下ろした姿から——

旧依田デパートの上層階、『玻璃壇』の上に、不安げな少女と少年の姿がある。

吉田《よしだ》一美《かずみ》と、田中栄太《たなかえいた》である。

マージョリーの狂騒《きょうそう》は沈化し、ヴィルヘルミナの脱出も近い。

が、事態が終息《しゅうそく》することはなかった。

どころか、

「よ、吉田さん、早く逃げて、くれ！」

「田中君も──」

二人にとっての破局《はきょく》が、訪れていた。

シャナと戦っていたのだろう、一つの光……あの少年を表す光が、今まさに、一直線《いっ》に、彼らの方へと向かって飛んでくる。なにをする暇《ひま》もない、もう、終わりだった。

その接近を目の端《はし》に見る吉田は、

（使える？）

手に握ったギリシャ十字のペンダント『ヒラルダ』を胸に当て、考える。

（今これを使って、本当に意味があるの？）

御崎《みさき》市へと襲来《しゅうらい》した〝彩飄《さいひょう》〟フィレスより託された、この宝具《ほうぐ》。

吉田だけが、これを使うことで、強大な〝紅世《ぐぜ》の王〟たる彼女を召還《しょうかん》できた。フィレスは、去就《きょしゅう》や行動原理《げんり》に謎《なぞ》が多い〝王〟ではあったが、その恋人の封じられた宝具《ほうぐ》『零時迷子《れいじまいご》』の危機にはまず無条件で協力してくれるはずだった。

しかし現状、問題が二つあった。

一つは、この宝具《ほうぐ》は使用者の〝存在の力〟を使って発動する、ということ。つまり、使用すれば、吉田《よしだ》はこの世から存在を欠落させて、死ぬ。

二つは、助けるべき『零時迷子《れいじまいご》』の〝ミステス〟が、こちら側ではなく〝徒《ともがら》〟の側にいる、ということ。こんな状況でフィレスを呼んだらどうなるのか。

答えの見つからない中、
他でもない、坂井悠二《さかいゆうじ》が来る。

そこに、吉田は未だに夢を見ていた。

彼が、全てを解決してくれるのではないか。

フィレスを呼ぶ必要もなくなり、事は丸く収まる。

(坂井君が、来る)

その事実だけで、甘い夢を見ていた少女は、
しかし当然、報いを受ける。

突如《とつじょ》、
コンクリートの壁が、爆発するように砕けた。

「うわっ!?」

田中《たなか》が吹っ飛んで、玩具《おもちゃ》の山に倒れこみ、

「あっ!?」

吉田はミニチュアの路面にへたり込む。

「あっ？　……二人とも、怪我《けが》はなかった？」

街中《まちなか》や学校でかけられるのと同じ調子の、聞き覚えのある少年の声が降りかかった。

問いよりも声に向かって、二人は衝撃《しょうげき》に眩《くら》む目を上げ、
そこに、異常なモノを、発見する。

「さ、さ、坂井？」

「……!!」

人相《にんそう》体格こそ同じ、しかし後頭《こうとう》からは竜尾《りゅうび》を伸ばし、緋色《ひいろ》の凱甲《がいこう》と衣《ころも》を纏《まと》っている。なによりその腕に、血まみれのまま失神《しっしん》する、瀕死《ひんし》のフレイムヘイズの少女を抱えていた。

「佐藤《さとう》が出かけたって言うから、てっきりここは空だとばかり、思ってたんだ」

口調《くちょう》だけが元のまま、というところが、より不気味《ぶきみ》さを醸《かも》し出している。少年はどこまで自覚があるのか、なにを気に掛けるでもなく、二人を見ていた。血まみれの少女を抱いて。

今まであった戦いを、二人は直接目《め》にしていない。付箋《ふせん》による通信越《ご》しにあれだけの惨事《さんじ》があっても、直接悠二の声を聞き、いつもと同じ態度で接されたことで、現実感が麻痺《まひ》する。

「今まで……どこに、行ってたんだよ」

田中《たなか》は、傍《かたわ》らで震えて立ち尽くす少女に代わって、宙に浮かぶ友人と見えるモノへと、間の

抜けた質問を投げかけていた。さらに、答えを受け取る猶予《ゆうよ》も設けず、彼の抱える少女を見て、言う。

「さ、坂井《さかい》が、シャナちゃん、たすけ、助けてくれたんだよ、な？」

知った顔が、いつもの態度で、異常《いじょう》事態の中心に立っている。

それだけで、それだけが、心の救いであるかのように見えた。

悠二《ゆうじ》の方も、友人の内心を察してか、まったく平然と答える。

「ちょっと遠くへ、ね。シャナなら大丈夫。今から連れて帰るところだよ」

連れて帰る先が坂井家《け》ではないと、どういうわけか二人にはハッキリ分かった。未知の世界が少年の背後に広がり、暗い底なしの口を開けていることを、感じる。

その奥底から、声が来た。

「ここには、これを回収しに寄ったんだ」

悠二はシャナを支える腕の、指を一本、ピッと差す。

差されたものは、マージョリーが常々《つねづね》立っていたビルの模型《もけい》。

「これ？」

田中《たなか》が怪訝《けげん》に言う中、箱庭《はこにわ》全体がガタガタと揺れ始め、自身を構成していた玩具《おもちゃ》の拘束《こうそく》を解いた。ばらけた玩具が全て浮き上がり、部品は無重力《む》に田中や吉田《よしだ》も巻き込んで崩壊《ほうかい》する。

「う、わ!?」

「あっ？」

混乱の中、突然真《ま》っ白《しろ》な光が湧《わ》き、一つの物体が玩具を跳ね飛ばしながら悠二の手許《てもと》へと舞い込んだ。しばらく浮かんで、目を閉じたシャナの上に落ちる。

両掌《てのひら》ほどの大きさをした、丸い銅鏡《どうきょう》だった。

他の玩具ともども、床に落ちた田中は、その銅鏡が宝具《ほうぐ》『玻璃壇《はりだん》』の本体《ほんたい》であることを知っていた。今まで使ってきたことへの愛着《あいちゃく》、辛うじてフレイムヘイズの役に立てる拠《よ》り所を奪われる危機感から、反射的に叫ぶ。

「坂井、それは！」

「良いではないか。元来《がんらい》が余《よ》の物なのだ」

悠二は軽く返して、用は済んだと態度で示すように、クルリと背を向けた。

呆気ない、その少年の去り行く姿に、吉田は思わず、

「あ……待って！」

出ない声で精一杯《せいいっぱい》、小さく叫んでいた。

悠二は振り向かず、ただ宙で止まった。

「坂井、君」

吉田は、態度で分かりきっている結果を、それでも確かめたかった。しかし、返ってくるだろう即答《そくとう》が、自分をどれほど打ちのめすか、という事実への恐れも抱いた。

本当は、たくさん話したかった。

シャナから、届けられた手紙が希望だと告げられて、その生存を信じ、待って、ようやく会えたのだから。話したいことは、胸の中にたくさん詰まっていた。

しかしこの今、他のなによりも、

「……連れ、帰るって、シャナちゃんを？」

という一言だけを、尋《たず》ねていた。

無事だったんですね、どうしていたんですか、なにがあったんですか、どうしてこんなことを……それら、他の重要ななによりも、彼女にはそれが一番《いちばん》重要な質問であるように思えた。

悠二《ゆうじ》は、答える。

「うん」

やはり振り向かず、一言だけで。

「!!」

吉田《よしだ》には、それだけで十分だった。

答えは、出たのである。

へたり込んだ体から全ての力をなくし、ほとんど蹲《うずくま》りそうになった少女は、最後に残っていたはずの希望に縋《すが》り、声を絞《しぼ》り出した。

「あ、あの……」

「……手紙は、どうして……?」

シャナを、こうして選んだというのなら、なぜ自分にも手紙を届けたのか。

想いを守る一縷《いちる》の望みとして、曖昧《あいまい》な答えに救いを求めて、彼女は尋《たず》ねた。

が、彼女に向けられた背中は、あくまで硬く、遠く、触れがたい姿のまま。

肩越《かたご》しに微《わず》か、悠二《ゆうじ》は目線《めせん》を流し、

「約束、だったからね」

本当に彼が彼らしく在った頃の、優しい声で、答えていた。

「えっ?」

「なにも言わないことだけは絶対にない、全部きちんと話す、って」

「……!」

「言えば危害《きがい》を及ぼすようなことは、言えない。でも、知らずにいなくなることのないように、知らせられるものだけは知らせよう、そう思ったからだよ」

それは間違いなく、彼の示した誠実《せいじつ》さ。

吉田《よしだ》にとって、絶望を齎《もたら》す誠実さだった。

自分から願った約束の齎した絶望だった。

今度こそ、吉田は顔を落として、蹲《うずくま》った。

壊れて二度と戻らない、玩具《おもちゃ》の山の中で。

良かれと思い、選んだことが――また。

「坂井君《さかい》……坂井、君……」

蹲った中で、請うように名前を呼んでも、彼は望む答えなどくれなかった。

返ってくるのは、欲するものとは違う、気遣《きづか》いの声だけ。

「帰ることができるのなら、帰った方がいい。今はまだ、なにも変えられていないけど……こ、、、、んなところにいるよりは、その方がずっといい」

悲嘆《ひたん》に憤怒《ふんぬ》に悔恨《かいこん》、喜悦《きえつ》に愉楽《ゆらく》に覇気《はき》、様々な想いの詰まった声。

しかし、その中に、吉田の欲する想いは、なかった。

彼が消えても、もう吉田に希望は、なかった。

エピローグ

現在、全世界の外界宿《アウトロー》を統括《とうかつ》する欧州《おうしゅう》総本部は、スイスのチューリヒに居《きょ》を移している。

正確には、舞い戻った、と言うべきであろう。

かつての指導者であった『愁夢《しゅうむ》の吹《ふ》き手《て》』ドレル・クーベリックが、二十世紀の中ほどまで当地にあった本部の機能を、一極《いっきょく》集中から各地に分散《ぶんさん》する作業に当たっている最中《さいちゅう》、襲撃《しゅうげき》を受けて死に……結果この地に、本部機能《きのう》が再結集《けっしゅう》されつつあったからである。

彼とその幕僚団《ばくりょうだん》『クーベリックのオーケストラ』は全滅《ぜんめつ》し、結果として外界宿《アウトロー》中枢《ちゅうすう》は大《だい》混乱に陥《おちい》ったが、不幸中《ちゅう》の幸いと言うべきか、分散されていた本部機能……主にハード面でのそれは、まだ十分残されていた。この管理権限《けんげん》の移譲《いじょう》と再《さい》配置の手続きを、権力《けんりょく》闘争の一手《いって》として頑《かたく》なに拒んでいた人間の運営者らも遂《つい》に折れ、ようやく組織の再生は始まっている。

(始まったばかり、ですけれど)

対立は当然、組織内《ない》にわだかまりを残し、未だ上層部の人間とフレイムヘイズの両者には、スムーズな意思疎通《そつう》は図れていない。組織の混乱によって生じた情報と連絡の齟齬《そご》・停滞《ていたい》は、各地の統制《とうせい》を緩め、情勢を把握《はあく》させ難《にく》くしている。

（とはいえ、今までよりはずっとマシ）

実際、双方《そうほう》は組織の建て直しに躍起《やっき》になっている。もはや、互いを蹴落《けお》とし合うような遊びに世界が付き合ってくれなくなった、その余裕《よゆう》がなくなった、と知らされたからである。

上海《シャンハイ》外界宿《アウトロー》総本部の失陥《しっかん》、という重大事《じ》によって。

東アジア管区《かんく》の総力を結集《けっしゅう》させた、『傀輪会《かいりんかい》』一世一代《いっせいいちだい》の大博打《おおばくち》が見事に外れ、総員殲滅《せんめつ》という大敗北《だい》を喫《きっ》したのである。結果、東アジアにおける配備状況は、独立した管区である日本にしか纏《まと》まった戦力がない、それ以外は全くのがら空《あ》き、という惨憺《さんたん》たる有様になっている。

（しかも、戦う相手が［仮装舞踏会《バル・マスケ》］というのではね……）

太古《たいこ》の昔、盟主《めいしゅ》〝祭礼《さいれい》の蛇《へび》〟を失って以来、自ら好んで戦いを起こさなかった彼らの、全く予想外な一斉蜂起《いっせいほうき》……否、この世で最大級の集団による『開戦』という事態は、外界宿《アウトロー》というコップの中で争っていた連中《れんちゅう》に目を覚ます以上の、強烈過《す》ぎる衝撃《しょうげき》を与えていた。

（間に合うのかしら、ね）

チューリヒ総本部の奥まった一室、首班《しゅはん》たる者の部屋に置かれた、座り慣れない大きな革の椅子《いす》（ドレルはこういう部分には遠慮《えんりょ》なく金を使った）に身を沈めて、『震威《しんい》の結い手《ゆいて》』ゾフイー・サバリッシュは溜《た》め息を吐いた。

実務者は人間の方が主だったので、組織自体《じたい》の建て直しは上手《うま》く行くだろう。しかし、それにはどうしても時間がかかる。はぐれ者《アウトロー》たちの寄り合い所帯だったはずの外界宿《アウトロー》も、いつの間にか運営実体《じったい》や組織構成《こうせい》が肥《ひ》大《だい》・複雑化して、命令一下《いっか》で大軍を呼集《こしゅう》する、という昔のように単純な方法は取れなくなっていた。なにより、

（虞軒《ぐけん》や季重《きちょう》がねえ……いい子たちだったのに）

　上海の敗北によって、実戦《じっせん》部隊の受けた人的《じんてき》被害は、甚大《じんだい》に過ぎた。集団戦闘《せんとう》に長ける、という貴重《きちょう》な特性を持った中国のフレイムヘイズたちが、ほとんど丸ごと、消滅してしまったのである。まさに今から必要とされる技能であったというのに。

（もっとも、だからこそ大会戦《だいかいせん》の前に、根こそぎ潰《つぶ》したんでしょうね）

三眼《さんがん》の女怪《じょかい》、鬼謀《きぼう》の〝王〟の高笑いが聞こえてきそうな、まさに苦境《くきょう》である。

（ドゥニやアレックスが生きていれば、こんなとき、いい知恵《ちえ》を貸してくれたんだけど）

　この職に祭り上げられて以来、癖《くせ》となっている悔恨《かいこん》の述懐《じゅっかい》を、気配《けはい》で感じ取ったものか、

「総《そう》大将が滅入《めい》っていては、全軍の士気《しき》に関わりますぞ、ゾフィー・サバリッシュ君？」

ベールの額《ひたい》に刺繍《ししゅう》された青い星、神器《じんぎ》〝ドンナー〟から、彼女に異能《いのう》の力を与える〝紅世《ぐぜ》の王〟、〝払《ふつ》の雷剣《らいけん》〟タケミカヅチが諭《さと》した。

「ええ、分かっています……いえ、分かっているつもりですよ、タケミカヅチ氏《うじ》」

　答えて、笑う。

「つふふ、少しでも間があると、余計《よけい》なことを考えてしまう……私も千《せん》に満たぬ時の中、よう

やく精神的に老いた、ということなのかしらね?」

「君《きみ》程度で老いたなどと言っては、迎える客人《きゃくじん》に失礼でしょうな」

取り澄《す》ました口調《くちょう》による、励《はげ》ましに聞こえない励ましを、ありがたく受け取るゾフィーである。

激務《げきむ》と窮状《きゅうじょう》の中で、流石《さすが》の『肝っ玉母さん《ムッタークラージェ》』も疲弊《ひへい》していた。

そこに、

チリリン、

とベルが鳴った。

待っていた客人が、やってきたらしい。

「どうぞ、お入りください」

ゾフィーは声をかけ、立ち上がって迎えた。

年季《ねんき》で値《ね》打ちの分かる樫材《かしざい》の扉《とびら》が、がちゃり、と開いて、来客が足音重く入ってくる。本人は子供と言っていい小柄《こがら》さだったが、とにかく背負った物が大きい。ほとんど身の丈《たけ》に倍する棒状のなにかである。巻き布で隠《かく》されていても、その質量には凡《おお》その想像がついた。

来客は、被《かぶ》っていた麦藁帽子《むぎわらぼうし》を脱いで、顔を晒《さら》す。

多くの、特に唇《くちびる》を一線、縦に走る傷痕《きずあと》の痛々しい、十歳《さい》前後と見える少年、

「ああ、お久しぶりです、ゾフィー・サバリッシュ」

その左手に絡められた、ガラス球による飾り紐《ひも》から響《ひび》く、枯《か》れた老人の声、

「ふむ、一別《いちべつ》以来、十……いや、二十年は経《た》っておるかの？」

それぞれが、尋常《じんじょう》ならぬ貫禄《かんろく》で、挨拶《あいさつ》した。

ゾフィーはこの、最古《さいこ》のフレイムヘイズの一人たる少年に、穏《おだ》やかな声で返す。

「再会を嬉《うれ》しく思います――『儀装《ぎそう》の駆《か》り手《て》』カムシン、〝不抜《ふばつ》の尖嶺《せんれい》〟べヘモット」


動き出した時は、回り行く。

全てを巻き込み、轢《ひ》き潰《つぶ》して。

世界は、ただ在る中に、なにかを宿す。

あとがき

はじめての方、はじめまして。

久しぶりの方、お久しぶりです。

高橋弥七郎《たかはしやしちろう》です。

また皆様のお目にかかることができました。ありがたいことです。


さて本作は、痛快娯楽《つうかいごらく》アクション小説です。今回は、少年の抜けた場所と加わった場所、および、その交差のお話です。次回は、またまた少し変わった本になると思います。

テーマは、描写的には「胎動《たいどう》と激変《げきへん》」、内容的には「そのさき」です。片方にとっては待ち望んでいた、片方にとっては苦しみでしかない、戦いを始めるための戦いが繰り広げられます。


担当の三木《みき》さんは、編集者の鑑《かがみ》です。編集部にて徹夜で原稿《げんこう》を書いていると、自分の机で延《えん》々仕事をされています。今回も、あのシーン増量について指先に魂《たましい》込める紙相撲《ずもう》（以下略）。

挿絵《さしえ》のいとうのいぢさんは、巧みに雰囲気《ふんいき》を描かれる方です。前巻の、常とは異なる舞台や登場人物たちを、その持てる空気まで見事に表現されました。ご本業《ほんぎょう》始め仕事の押し詰まった多忙《たぼう》の中、この度《たび》も拙作《せっさく》への甚大《じんだい》なる御《ご》助力をいただけたことに、深く深く感謝いたします。

県名五十音順《じゅん》に、愛知《あいち》のS田さん、U藤さん、青森《あおもり》のK田さん、岩手《いわて》のF澤さん、岡山《おかやま》のN

村さん、鹿児島《かごしま》のS冥さん（どうぞお大事に）、埼玉《さいたま》のT橋さん、静岡《しずおか》のM浦さん、千葉《ちば》のM原さん、S々木さん、東京《とうきょう》のN口さん、Y田さん、長野《ながの》のI戸さん、新潟《にいがた》のO竹さん、兵庫《ひょうご》のK藤さん、M下さん、福岡《ふくおか》のO部さん（おめでとうございます）、北海道《ほっかいどう》のN岡さん、山口《やまぐち》のS藤さん、いつも送ってくださる方、初めて送ってくださった方、いずれも大変励《はげ》みにさせていただいております。どうもありがとうございます。アルファベット一文字は苗字《みょうじ》一文字の方で、県が同じ場合はアルファベット順になっています。

当方、いささか事情あって、返信ができません。お手紙をしっかり読ませてもらっていることを右に示すことで、これに代えさせて頂きたいと思います。また今回、運送上の都合《つごう》から、少々右の表記《ひょうき》が遅れてしまった方が幾人《いくにん》かおられます。申し訳ありませんでした。

それでは、今回はこのあたりで。
この本を手に取ってくれた読者の皆様に、無上《むじょう》の感謝を、変わらず。
また皆様のお目にかかれる日がありますように。

二〇〇七年九月　　高橋弥七郎

祝!! アニメ
第2期スタート!!

どうも、いとうのいぢです。
アニメ第二期スタートしましたね！
なんだか、一期の時よりも更にカッコ良く、バリバリ動いてましたね！素晴らしい。

そして、ゲームで登場したメア、アニメオリジナルの近衛史菜さん。この機会に描いてみました。

これからの展開も色々と期待できそうです！
そして、原作の展開もいよいよクライマックス
近い展開になって参りました！
どうなっちゃうの！まじで！！（汗）
それでは、また次巻にて！

◉高橋弥七郎著作リスト

「A／Bエクストリーム　CASE-314［エンペラー］」（電撃文庫）
「A／Bエクストリーム　ニコラウスの仮面」（同）

「アプラクサスの夢」（同）
「灼眼のシャナ」（同）
「灼眼のシャナ II」（同）
「灼眼のシャナ III」（同）
「灼眼のシャナ IV」（同）
「灼眼のシャナ V」（同）
「灼眼のシャナ VI」（同）
「灼眼のシャナ VII」（同）
「灼眼のシャナ VIII」（同）
「灼眼のシャナ IX」（同）
「灼眼のシャナ X」（同）
「灼眼のシャナ 0」（同）
「灼眼のシャナ XI」（同）
「灼眼のシャナ XII」（同）
「灼眼のシャナ S」（同）
「灼眼のシャナ XIII」（同）
「灼眼のシャナ XIV」（同）
「灼眼のシャナ XV」（同）

本書に対するご意見、ご感想をお寄せください。

■

あて先

〒102-8177 東京都千代田区富士見 2-13-3
電撃文庫編集部
「高橋弥七郎先生」係
「いとうのいぢ先生」係

■

電撃文庫

灼眼《しゃくがん》のシャナ XVI

高橋《たかはし》弥《や》七郎《しちろう》

2007年11月25日　初版発行
2023年10月25日　12版発行

発行者　山下直久
発行　株式会社KADOKAWA
〒102-8177　東京都千代田区富士見2-13-3
0570-002-301（ナビダイヤル）
装丁者　荻窪裕司（META＋MANIERA）
印刷　株式会社KADOKAWA
製本　株式会社KADOKAWA

ISBN978-4-04-868750-8　C0193　Printed in Japan

電撃文庫　https://dengekibunko.jp/

電撃文庫創刊に際して

文庫は、我が国にとどまらず、世界の書籍の流れのなかで〝小さな巨人〟としての地位を築いてきた。古今東西の名著を、廉価で手に入りやすい形で提供してきたからこそ、人は文庫を自分の師として、また青春の想い出として、語りついできたのである。

その源を、文化的にはドイツのレクラム文庫に求めるにせよ、規模の上でイギリスのペンギンブックスに求めるにせよ、いま文庫は知識人の層の多様化に従って、ますますその意義を大きくしていると言ってよい。

文庫出版の意味するものは、激動の現代のみならず将来にわたって、大きくなることはあっても、小さくなることはないだろう。

「電撃文庫」は、そのように多様化した対象に応え、歴史に耐えうる作品を収録するのはもちろん、新しい世紀を迎えるにあたって、既成の枠をこえる新鮮で強烈なアイ・オープナーたりたい。

その特異さ故に、この存在は、かつて文庫がはじめて出版世界に登場したときと、同じ戸惑いを読書人に与えるかもしれない。

しかし、〈Changing Times,Changing Publishing〉時代は変わって、出版も変わる。時を重ねるなかで、精神の糧として、心の一隅を占めるものとして、次なる文化の担い手の若者たちに確かな評価を得られると信じて、ここに「電撃文庫」を出版する。

1993年6月10日
角川歴彦

電撃文庫

灼眼のシャナVI
高橋弥七郎
イラスト／いとうのいぢ

今までの自分には無かった、とある感情が芽生えたシャナ。今までの自分には無かった、小さな勇気を望む吉田一美。二人の想いの裏には、一人の少年の姿が……。

た-14-8　0901

灼眼のシャナVII
高橋弥七郎
イラスト／いとうのいぢ

坂井悠二はすでに死んでいた。真実を知ってしまった吉田一美。彼女は絶望した。絶望して、そして悠二から逃げ出した。空には、歪んだ花火が上がっていた――。

た-14-10　0957

灼眼のシャナVIII
高橋弥七郎
イラスト／いとうのいぢ

〝教授〟とドミノが企てた〝実験〟を退けた悠二とシャナ。次に彼らを待ち受けていたのは「期末試験」という〝日常〟だった。シャナは女子高生に戻ろうとするが……!?

た-14-11　1001

灼眼のシャナIX
高橋弥七郎
イラスト／いとうのいぢ

「〝ミステス〟を破壊するであります」ヴィルヘルミナの冷酷な言葉に、シャナは凍りつき、そして拒絶する。悠二を巡り二人は対峙した――！　激動の第IX巻！

た-14-12　1050

灼眼のシャナX
高橋弥七郎
イラスト／いとうのいぢ

一つの大きな戦があった。決して人が知ることのない、〝紅世《ぐぜ》の徒《ともがら》〟とフレイムヘイズの、秘された戦い。それは、もうひとりの『炎髪灼眼の討ち手』の物語だった。

た-14-14　1140

電撃文庫

灼眼のシャナXI
高橋弥七郎
イラスト／いとうのいぢ

坂井悠二の許に〝日常〟が帰ってきた。御崎高校には学園祭の季節が訪れ、シャナもそれを楽しもうとするが、吉田一美と仲良くする悠二を見て、気持ちが不安定に……。

た-14-15　1166

灼眼のシャナXII
高橋弥七郎
イラスト／いとうのいぢ

日常の中の非日常、御崎高校主催の学園祭「清秋祭」を楽しむ悠二たち。そこに、何処からか風が流れてきた。〝紅世の徒〟の自在法を纏った、妖しい風だった……。

た-14-16　1217

灼眼のシャナXIII
高橋弥七郎
イラスト／いとうのいぢ

『零時迷子』を巡り、〝彩飄《さいひょう》〟フィレスの襲撃を受けた悠二。〝銀〟の出現も相俟って、事態はさらなる変化を起こす。それは、あの〝徒〟顕現の予兆……！

た-14-18　1313

灼眼のシャナXIV
高橋弥七郎
イラスト／いとうのいぢ

クリスマスを迎えた御崎市では、二人の少女に決断の時が訪れていた。一人の少年——坂井悠二を巡る、シャナと吉田一美の決断の時が。待望の本編最新巻登場。

た-14-19　1386

灼眼のシャナXV
高橋弥七郎
イラスト／いとうのいぢ

〝教授〟と呼ばれる〝紅世の王〟が最も忌み嫌う存在……『鬼功の繰り手』サーレ。未熟なフレイムヘイズの少女を従えた彼が向かった先は、紺碧の海に囲まれた街だった。

た-14-20　1464

電撃文庫

灼眼のシャナXVII

高橋弥七郎
イラスト／いとうのいぢ

クリスマス。シャナと吉田一美は、坂井悠二をただ待ち続けた。紅世の王〝祭礼の蛇〟となった悠二は『星黎殿』へと帰還、「大命」に向けて静かに動き出す……。激動の最新刊！

た-14-21　1505

灼眼のシャナ0

高橋弥七郎
イラスト／いとうのいぢ

その少女に名前はなかった。ただ「贄殿遮那《にえとののしゃな》のフレイムヘイズ」と呼ばれていた。いまはまだ、その隣にあの〝ミステス〟はいなかった──。外伝「オーバーチュア」他、二編収録。

た-14-13　1101

灼眼のシャナS

高橋弥七郎
イラスト／いとうのいぢ

『弔詞の詠み手』マージョリー・ドー。「戦闘狂」と畏怖される彼女の過去が、今紐解かれる。吉田一美の清楚可憐な姿を描いた『灼眼のシャナセレモニー』も収録！

た-14-17　1269

A／Bエクストリーム CASE-314［エンペラー］

高橋弥七郎
イラスト／金田榮路

異空間〈ゾーン〉に巣くうグレムリン駆除を生業とするA／B＝アンディとボギーのハイエンドアクション！　第8回電撃ゲーム小説大賞〈選考委員奨励賞〉受賞！

た-14-1　0659

A／Bエクストリーム ニコラウスの仮面

高橋弥七郎
イラスト／金田榮路

第8回電撃ゲーム小説大賞〈選考委員奨励賞〉受賞作家の第2弾！　仮面の道化師ニコルと謎の巨大物体を背負う美少女ルー。彼らの目的とは……!?

た-14-2　0689

電撃文庫

アプラクサスの夢
高橋弥七郎
イラスト・メカデザイン／凪良(nagi)

〈ゾーン〉に漂う不気味な『幽霊《ファントム》』は、赤いパラソルを持つ、一人の少女によって生まれた。『心穏やかに《トランクィロ》』、それが少女の夢見た世界——。奇才が放つアクションストーリー！

た-14-9　0950

BITTER×SWEET BLOOD
周防ツカサ
イラスト／Chiyoko

彼の言葉は心を激しくかき乱す。彼の身体に触れただけで立っていられない。彼は『特別』な存在。——私の血を吸ったひと。『闇の眷属』が織りなす現代ストーリー。

す-8-5　1431

BITTER×SWEET BLOOD／CANDY COLORED
周防ツカサ
イラスト／Chiyoko

"吸血鬼"片倉ハルと「血の交わり」を経た玲子。しかし男女としての関係は以前と全く変化がない。地味に落ち込む玲子だが、マリアと呼ばれる転校生が波乱を呼び込む……。

す-8-6　1507

ツァラトゥストラへの階段
土橋真二郎
イラスト／白身魚

人間に寄生する存在、パルス。パルスは宿主の知力や体力をあげ、特殊な能力を新たに発生させる場合もある。そんなパルスに感染した福原駿介の運命は……！

と-8-4　1516

ARISAチェンジリング
中里融司
イラスト／うめきち

眞也が転校した暁雲学園高校は、超常能力を持つ生徒が暗躍する戦場だった……。目の前で焼死したはずの委員長・亜里砂と再会した時、眞也の運命が動き出す！

な-2-22　1514

電撃文庫

とある魔術の禁書目録《インデックス》
鎌池和馬
イラスト／灰村キヨタカ

"超能力"をカリキュラムとする学園都市に"魔術"を司る一人の少女が空から降ってきた。『インデックス（禁書目録）』と名乗る彼女の正体とは……!? 期待の新人デビュー！

か-12-1 0924

とある魔術の禁書目録《インデックス》②
鎌池和馬
イラスト／灰村キヨタカ

学園都市「三沢塾」で一人の巫女が囚われの身となった。上条当麻は魔術師ステイルと嫌々手を組み、彼女を助けに行くことになるのだが――！ 学園アクション第2弾！

か-12-2 0951

とある魔術の禁書目録《インデックス》③
鎌池和馬
イラスト／灰村キヨタカ

補習帰りに、上条当麻は御坂美琴とその妹に出会う。御坂妹も姉同様とにかくヘンな奴で……。そんな普段通りの生活の中、学園都市の能力者が次々と殺されはじめた――！

か-12-3 0988

とある魔術の禁書目録《インデックス》④
鎌池和馬
イラスト／灰村キヨタカ

海にバカンスに向かった上条当麻が見たものは、インデックスが青髪ピアスで、神裂火織がステイルで、ステイルが海のオヤジで、御坂美琴が当麻の妹で!? 全てはとある魔術から……！

か-12-4 1021

とある魔術の禁書目録《インデックス》⑤
鎌池和馬
イラスト／灰村キヨタカ

8月31日の学園都市。御坂美琴は、さわやか男子生徒に誘われた。一方通行《アクセラレータ》は、不思議な少女と出会った。上条当麻は、不幸な一日の始まりを感じた……。

か-12-5 1083

とある魔術の禁書目録《インデックス》⑥

鎌池和馬
イラスト／灰村キヨタカ

新学期初日。それは上条当麻が通う学校に転校生が来た日で、インデックスにはじめての「ともだち」ができた日で、学園都市に謎の魔術師が潜入した日だった……！

か-12-6　1113

とある魔術の禁書目録《インデックス》⑦

鎌池和馬
イラスト／灰村キヨタカ

伝説の魔術師が記したとされる魔導書『法の書』と、その解読法を知るシスターが何者かにさらわれた。上条当麻は、〝不幸〟にもその救出戦に加わることに……。

か-12-7　1167

とある魔術の禁書目録《インデックス》⑧

鎌池和馬
イラスト／灰村キヨタカ

ここは学園都市屈指の名門女子校・常盤台中学。御坂美琴が体育の授業後、シャワーを浴びていると……。お姉様とあの殿方が交差するとき、白井黒子の物語が始まるのですの⁉

か-12-8　1198

とある魔術の禁書目録《インデックス》⑨

鎌池和馬
イラスト／灰村キヨタカ

学園都市最大級行事「大覇星祭」。上条当麻や御坂美琴も参加するその大運動会の開催中に、謎の〝霊装〟を巡って、とある魔術師が学園都市に侵入した……！

か-12-9　1243

とある魔術の禁書目録《インデックス》⑩

鎌池和馬
イラスト／灰村キヨタカ

学園都市に、ひとつの波紋が広がった。『使徒十字《クローチェディピエトロ》』。そう呼ばれる存在が、上条当麻の大切な人たちの夢を、あっけなく破壊していく……！

か-12-10　1257

電撃文庫

とある魔術の禁書目録《インデックス》⑪
鎌池和馬
イラスト／灰村キヨタカ

大覇星祭最終日。自分が〝不幸〟であることしか自慢できない男・上条当麻が、なんと大覇星祭「ナンバーズ」に見事当選した。景品は『海外旅行』のチケットで……!?

か-12-11　1327

とある魔術の禁書目録《インデックス》⑫
鎌池和馬
イラスト／灰村キヨタカ

九月三〇日。学園都市の某所に、御坂美琴は立っていた。待ち合わせである。けれど、あの少年は一向に姿を見せず……。罰ゲームを巡る学園《ラブ》コメディ編スタート？

か-12-12　1372

とある魔術の禁書目録《インデックス》⑬
鎌池和馬
イラスト／灰村キヨタカ

九月三〇日の学園都市に侵入した魔術師『前方のヴェント』。彼女が操る謎の魔術により都市機能は完全麻痺、大部分の人間は倒れた。絶望的な状況下で上条当麻は……！

か-12-13　1411

とある魔術の禁書目録《インデックス》⑭
鎌池和馬
イラスト／灰村キヨタカ

一〇月。ローマ正教徒によるデモが全世界で勃発した。混乱の最中、その元凶が霊装『C文書』にあることを聞かされた上条は、土御門と共にフランスへと飛び立つ！

か-12-15　1506

とある魔術の禁書目録《インデックス》SS
鎌池和馬
イラスト／灰村キヨタカ

上条のクラスが催す鍋パーティの行方は？　イギリス清教ロンドン女子寮の乱れた一日とは？　一方通行が闇へと堕ちた、その先には……。本編補完のSSシリーズ登場！

か-12-14　1456

電撃文庫

吸血鬼のおしごと6 The Style of Association

鈴木 鈴
イラスト／片瀬 優

上弦に連れ去られたレレナを救い出すため、亮史は使い魔猫のツキ、幽霊少女の舞と共に敵本拠地へと乗り込むが……。組織との本格的な戦闘が幕を開ける!!

す-5-6 0861

吸血鬼のおしごと7 The Style of Mortals

鈴木 鈴
イラスト／片瀬 優

亮史の前に立ちはだかる真田。その時、レレナは!? ツキは!? 上弦は!? 吸血鬼としての運命をかけた最後の戦いが遂に始まる！ 大好評シリーズ、衝撃の完結編!!

す-5-8 0983

吸血鬼のおしごとSP The Days Gone By

鈴木 鈴＆片瀬 優
イラスト／片瀬 優

上弦と魎月との出会いを綴った『双月』、幽霊少女・舞のドタバタ料理コメディ『ラディカル・クッキング』含め、小説三編、コミック三編を収録したSP文庫が登場！

す-5-9 1040

吸血鬼のひめごと The Secret of Vampires

鈴木 鈴
イラスト／片瀬 優

仲間との別れから二年。ある秘密を隠して高校に通うレレナは、少年の姿をした吸血鬼に会うが……。衝撃のラストが話題を呼んだ『吸血鬼のおしごと』続編が登場！

す-5-15 1512

輪環の魔導師 闇語りのアルカイン

渡瀬草一郎
イラスト／碧 風羽

全ての魔導師が畏怖する魔導具――〝環流の輪環《ソリッド・トーラス》〟。その伝説の魔導具を巡って少年セロの運命は大きく変わろうとしていた！ 壮大なファンタジー冒険譚！

わ-4-25 1510